愛してるって言えなくたって

五十嵐貴久

祥伝社文庫

目次

接近遭遇前夜・書店にて

綿をちぎったような雲が、空に浮かんでいる。

駐車場に停めた車から降りて、ぼんやり見上げていると、早く早くと娘の沙南《さな》が腕を引っ張った。目の前に、ドリームブックスという電飾の大きな看板があった。

日曜の午後、環八通り《かんぱちどお》り沿いの、自宅から車で五分ほどのところにあるドリームブックスに寄るのは、私と沙南、妻の宏美《ひろみ》の毎週の習慣だ。

沙南は店内のキッズルームで遊ぶため、宏美は二階のDVDレンタルショップで海外ドラマのまとめ借りをするため、そして私は書棚の間を回って、今週の一冊を探すことが目的だった。

週に一度、ドリームブックスで小《こ》一時間ほどを過ごす。二ヵ月前、沙南が小学校に入学してからも、それは変わっていない。

私たち門倉《かどくら》家の親子三人が暮らしているのは、杉並《すぎなみ》区の京王井《けいおうい》の頭《かしら》線富士見ヶ丘《ふじみがおか》駅から徒歩二十分ほどの2LDK賃貸マンションだ。富士見ヶ丘は典型的な住宅街で、駅周辺には飲食店と美容院が数店、そして歯医者から整形美容外科まで、病院だけはフルセットで揃《そろ》っているが、それ以外は何もない。

住環境としてはベストな町だが、不便なことも多かった。二十三区内に住んでいるのに、車がなければ買い物ひとつできないというのはいかがなものか。

更《さら》に困るのは、富士見ヶ丘駅前に書店がないことだった。私は自他共に認める読書好きで、本が手元にないと落ち着かない。

ドリームブックスはいわゆる郊外型複合書店で、二階にDVDレンタルショップとキッズルームが併設されている。沙南を連れた宏美が二階へ上がっていくのを見届けてから、私は一階フロアを見渡した。

今からしばらくの間、自由に過ごすことができる。私にとって週に一度の心安らぐ時間だ。

子供の頃から、本が好きだった。今年四十歳になるが、同世代以上の者ならわかってくれるだろう。

スマートフォンどころか、携帯電話もない中高生時代を過ごした私たちにとって、テレビと本が最も身近な娯楽だった。六歳の沙南には想像もつかないだろうが、そういう時代があったのだ。

私と同世代の人間がすべて読書好きだったかといえば、そんなことはない。スポーツに熱中する者もいれば、ゲームばかりしている者もいた。

私は高校時代、ラグビー部に入っていたが、それは小学生の頃から小説ばかり読んでいたので、少しはスポーツをやった方がいいと両親に勧《すす》められたからだ。それでも習慣で読書を続けていたし、少数派という自覚もあったが、別に構わなかった。

その辺りは個人の嗜好《しこう》の問題で、何を趣味にするかは本人の自由であり、私が最も好んだのは読書だった。社会人になってからも、それは変わっていない。

特に偏《かたよ》った好みがあるわけではなく、その時面白そうだと感じた本を読む。それが私の読書法だ。

ベストセラーだから、話題になっているから、ナントカ賞を獲《と》ったから、著者が有名だから、そんなことには関係なく、書棚の間を歩いていれば、読むべき本はわかる。三十年以上、書店に通っている者として、その能力には自信があった。

店に並ぶ本が、一週間でがらりと変わることはない。新刊も含め、おそらく七割以上の本が先週と同じ場所に置かれている。もしかしたらひと月、半年ということもあるかもしれない。

ずっとそこにあったにもかかわらず、ある日突然その本が光って見える時がある。背表紙のタイトルが、目に飛び込んでくることがある。

それはサインだ。今がこの本を読むべきタイミングですよ、と教えてくれるサイン。そんな時は、迷わずその本を手に取ってレジに向かう。そうやって買った本に外《はず》れはなく、確実に、絶対に面白い。

ただ、書店に行くたび、いつもそういう現象が起きるわけではなかった。月に一度、多くて二度ほどだろうか。

今日はどうなのか。淡《あわ》い期待を胸に、ゆっくり書棚の間を歩き続けた。

文庫の棚の奥で何かが光っているとわかったのは、十分ほど経《た》った頃だった。近づいていくと、棚差しになっている本の背表紙が目に入った。中勘助《なかかんすけ》『銀《ぎん》の匙《さじ》』。

中学生の頃、国語の授業で読書感想文を書いた記憶がある。正直なところ、あの時私はこの本を面白いと思わなかった。

退屈で、読むのが苦痛だったほどだ。内容もほとんど覚えていない。

だが、どんなことでも出会いにふさわしい時がある。あの頃、私にとってこの本は読むタイミングが早すぎたのだろう。

あの時の中学生が高校、大学を経て、社会人になり、結婚をして子供を授かった。今なら違う想いがあるはずだ。

手を伸ばそうとした時、不意に光が消えた。なぜだと思ったが、私より先に『銀の匙』を棚から抜き出した者がいたのがわかった。

若い男だった。二十代後半だろう。一七五センチの私より少しだけ小柄で、ジーンズにトレーナーというラフな服装だ。いわゆるフリーターかもしれない。

背中を向けていたので、顔は見えなかったが、小脇に抱えていた数冊の本と『銀の匙』を重ねて、レジに向かっていった。やや右肩が下がった、独特な歩き方の男だった。

先を越されたと思ったが、こればかりは仕方がない。返せというのもおかしな話だし、私の方が先に目をつけていた、とも言えないだろう。

彼は彼で『銀の匙』を読みたいと思い、迷わず手を伸ばした。それが私より早かっただけのことで、強引に奪い取るわけにもいかない。

本の側にも権利がある。私ではなく、彼を選んだということなのだろう。

「何かあった？」

沙南と手を繋《つな》いだ宏美が近づいてきた。特に何もと答えて、空《あ》いていた沙南の左手を握り、店を出た。

六月十二日、日曜日、よく晴れた初夏の夕方だった。

～第一種接近遭遇～　銀《ぎん》の匙《さじ》

1

翌日の月曜、いつものように朝七時に家を出て、富士見ヶ丘駅から井の頭線各駅停車に乗り、私が勤務するリリービールセールス社、略称リリーBS社がある銀座《ぎんざ》へ向かった。始業時間は九時半なので、八時過ぎの電車に乗っても十分間に合うのだが、一時間以上早い電車に乗るのは、個人的な習慣だった。

この時間の乗客の多くは、四つ先の永福町《えいふくちょう》駅で急行電車に乗り換える。その方が渋谷《しぶや》に早く着くからだが、ほとんどの場合、その時に空席ができる。そこから座って、ゆっくり本を読みながら渋谷までの時間を過ごすのが、私のルーティンだった。

僅《わず》かな時間だし、そのまま寝てしまうこともある。どちらでもいいのだが、今日に関して言えば、最初から少し早めに出社するつもりだった。

去年の暮れ、そして今年の三月と、私が課長を務めている営業二部三課の課員が二人続けて退職した。一人は家業を継ぐため実家に帰り、もう一人は結婚のためで、トラブルがあったわけではないが、私も含め七人の課から二人減というのは、大幅な戦力ダウンだ。

半年以上前の時点で、二人とも退職の意向を会社に伝えていたから、対策を考える時間はあった。いくつか案が出たが、結局社内異動と中途採用というオーソドックスな方向に落ち着いた。

リリーBS社には四月に新入社員が入っていたが、一年間は試用期間だし、十月までは総務部預かりという内規があるため、彼らを三課に迎え入れるわけにはいかない。

今や日本中の会社がそうであるように、人手不足は私のところだけではなく、他の部署からも要請があったから、それを含めて中途採用試験を行なうことが決まった。

予定では三人採用だったが、最終的に四人になった。一人でも多い方が現場としては助かる。喜ばしい話だ。

社内異動の方は、三月の末に異動の内示が出ていた。中途採用された四名と共に配属先が決まったらしいという噂《うわさ》が流れていたが、営業二部の藤堂《とうどう》部長が私を社内の喫煙ルームに呼んだのは、先週火曜日の昼だった。

「販売戦略室の織田真里《おだまり》が、三課に来ることになった」

まだ他言無用だ、と藤堂部長が声を潜《ひそ》めた。織田ですか、と私は首を捻《ひね》った。

総合飲料品メーカー、ファイブスターリフレッシングホールディングス傘下《さんか》で、ビールや発泡酒、いわゆる〝第三のビール〟を扱っているリリービール社が、販売部門だけを独立させて立ち上げた子会社、それがリリーBS社だ。

他に開発、生産、物流など、数社の子会社があるが、リリーBS社はその中で最も規模が大きい。社員数二百五十人、東京を中心に東日本全域をカバーしている。ちなみに、大阪には西日本リリーBS社がある。

もともとファイブスターリフレッシングHDは、ウイスキー酒造メーカーとして明治四十年に五つ星ウィスキィ株式会社として創業された。

ウイスキーに続きワインやブランデーの製造と輸入販売を手掛けた後、清涼飲料水部門を立ち上げ、更《さら》には健康飲料、食品、化粧品、栄養サプリメント、最近では医薬品にまで業務を拡大している巨大総合飲料品メーカーだが、ビール事業については手を付けるのが遅かった。

国内四大メーカーの中では最後発で、長い間最下位に甘んじていたが、二〇〇九年に三位に浮上してから十年、最近ではトップツーに迫る勢いだ。

その理由のひとつが、二十五年前に前々社長が新設した販売戦略室だというのは、業界でもよく知られた話だった。

それまでは経験則や営業マン個人の勘《かん》、あるいは人間関係によってリリービールを売っていたが、いわゆる足で稼《かせ》ぐ営業を改革し、POSシステムの導入など、納品数のデータ分析によって適切な数字を把握することで、効率的な販促活動が可能になった。

営業マンが余剰時間を新たな販促活動に充《あ》てることで、リリービールの売れ行きは伸びていったが、その中核となったのが販売戦略室だ。

織田真里は横浜海浜《よこはまかいひん》国立大学の理学部数学科卒で、大学院に進んだ後、リリーBS社に入社していた。今年二十九歳で、まだ五年の経験しかないが、その能力は誰もが認めるところで、現在は販売戦略室室長補佐を務めている。

数年以内に室長になるだろうと噂で聞いていたが、そんな彼女がなぜ営業部に異動してくるのか。

「本人の希望なんだ」

現場のことを知らないまま、数字やデータを振りかざすのはよろしくないと思ったらしい、と藤堂部長がIQOS《アイコス》を握って口元に近づけた。肥大した体を縮めるようにして煙を吐くその姿は、あだ名通りトドそっくりだった。

「彼女は真面目《まじめ》だからな。考え方としては正しいと思うね。現場と販売戦略室の間に軋轢《あつれき》があるのは、門倉くんだってわかってるだろう」

軋轢というほどでは、と私はさっきと逆方向に首を捻った。とはいえ、そういう側面があるのは本当だ。

営業マンの勘に頼り、足で稼ぐ営業が古いのは、誰もがわかっている。だが、取引先として最も多いのは町の飲食店だ。

そこにはさまざまな人間関係や、過去の経緯がある。データだけを押し付けてくる販売戦略室に、多くの営業マンが反発心を抱《いだ》いているのは、部長の言う通りだった。

中途採用の四名からもう一人回すということだったが、火曜日の時点ではまだ誰と決まっていなかった。その辺りは、課長である私が関与する問題ではない。

お任せしますと頭を下げただけだったが、先週の金曜日の朝、今度は部長席に呼ばれた。加瀬夏生《かせなつお》という二十八歳の男が来ることになった、と藤堂部長が言った。

「慶葉《けいよう》大の文学部卒、安河《やすかわ》商事のエネルギー営業本部で、石油関係の輸入業務を担当していたそうだ」

安河商事といえば、外苑前《がいえんまえ》に本社ビルがある日本五大商社のひとつだ。いくら世間に疎《うと》い私でも、それぐらいは知っていた。

エネルギー営業本部にいたというが、安河商事の中で最大の部署だ。つまり、加瀬というその男は将来を嘱望《しょくぼう》されたエリート社員ということになる。

石油とビール、共通点は液体ということしかない。給料だって下がるだろうし、安河商事本社に勤務していた男がわざわざ酒造メーカーの子会社に転職してくるとは、どういうことなのか。意味不明で、不気味ですらあった。

「何かその……やらかしたとか、そういうことなんでしょうか？」

辞《や》めざるを得ないような大きなミスをして、その責任を取るために退社し、うちに転職してきたというなら、わからないでもない。セクハラかパワハラかモラハラか、それとも横領か痴漢《ちかん》かもっと大きな犯罪か。同僚を殺したのかもしれない。

いずれにしても、トラブルメーカーはごめんだ。穏《おだ》やかに生きていきたい、それだけがただの一市民、一課長に過ぎない私の願いで、他に望みはなかった。

そんな奴を採用するわけないだろう、と藤堂部長が唇の端だけを上げて失笑した。

「人事だって、そこは調べてるよ。わたしも面接に加わったが、まともな人間なのは、顔を見ればわかるさ。優秀な男だよ。安河商事にも確認しているが、円満退社ということだった。君はつまらんことを気にする癖《くせ》があるが、心配しなくていい」

どこか軽んじたような言い方は、いつものことだった。藤堂部長はリリービール本社からの出向組で、子供は親に従っていればいいと考えているのだろう。

やりやすい相手ではないが、上司は上司だ。ありがとうございますと頭を下げて、自分のデスクに戻った。

加瀬夏生を含め、中途採用の四人を私はまだ見ていない。オリエンテーションという名の業務説明会が続いていたためだが、その後、六月十三日月曜の午前十時、総務が三課に連れていくと連絡が入った。

早めに出社すると決めたのは、そのためだ。課長がその場にいなかったら、洒落《しやれ》にならない。

問題はなかった。私を乗せた井の頭線は、順調に渋谷駅を目指して走り続けていた。

2

リリーBS社の最寄り駅は東京メトロ銀座駅だが、会社は銀座六丁目にある。

これも習慣だが、いつものように駅近くのファストフード店で少し時間を潰《つぶ》してから、九時十五分、電車の自動改札にそっくりの入館ゲートに社員証のICタグをかざし、社屋に入っていった。

建物は四階建てで、昭和三十年竣工というから、建物自体はかなり古い。正面から見ると幅は狭《せま》いが奥行きが長いという、鰻《うなぎ》の寝床のような造りになっていた。

一階から三階に、それぞれ営業一部、二部、三部が入っている。四階は総務、経理など事務関係の部署、販売戦略室やコンピュータールーム、社長室や役員室などだ。

リリーBS社はリリービールやその他酒類の販売を主な業務にしている。ざっくり言うと営業一部がデパート、スーパーマーケット、コンビニエンスストア、ディスカウントショップなどの担当、私がいる二部は、飲食店への個店営業だ。二部の全課員の名刺には、

WSという肩書がついているが、それはウォークインセールスの略だった。

三部はそれ以外を担当しているが、業務内容はそれほど明確に分かれていない。わかりやすいところで言えば、三大コンビニチェーンは一部の担当だが、中小チェーンについては、二部、三部にも担当を持っている課がある。

また、営業一部も個店営業をしているし、それは三部も同じだ。メイン業務こそ違うが、各部、そして各課の仕事は重なる部分もあった。

二階にある営業二部フロアには八つの課があり、それぞれ七、八名の課員がいる。一課から六課までが二十三区を、七課と八課が都下を担当していた。

加えて、北海道、東北、甲信越《こうしんえつ》、北関東、東海の五エリアを各課で分担している。例えば私が課長を務めている営業二部三課は、中央区《ちゅうおう》、江東区《こうとう》、江戸川区《えどがわ》を担当し、新潟、長野、山梨の三県を営業エリアとしていた。

フロアに足を踏み入れたのは、九時二十分だった。三課で一番早く出社するのは、ほとんどの場合私だが、今日に限っては四人の課員全員が席についていた。新しく二人の社員が三課に来るためだろう。

一人は社内一スキルの高いデータ分析のプロフェッショナルで、もう一人は天下の安河商事からやってくる男だ。気にならないはずがない。

社内異動の織田真里はともかく、加瀬夏生に関して、彼らはほとんど何も知らない。私から何らかの情報を得ようと考えているのだろうが、気持ちはわからなくもなかった。

おはようと言った私に、朝会を始めましょうと主任の小峠《ことうげ》敦司《あつし》が立ち上がった。名門英光《えいこう》大学野球部出身で、やたらと声が大きい三十三歳の独身男だ。

リリーBS社の営業部は一部から三部まで、すべてフレックス制だが、月曜の午前中は全課で定例の会議があった。朝会と呼ばれているが、三課の全員が顔を揃《そろ》えているのは、そのためもあった。

小峠に続いて会議室に向かったのは、由木《よしき》理水《りみ》という二十七歳の営業ウーマンだった。三課では一番若いが、入社後すぐ配属されたので、課長の私の次に課歴は長い。フェミニンな雰囲気のルックスだが、性格はかなり男前で、ガハハの姐《ねえ》さんと呼ばれている。

大きく伸びをしたのは、渚《みぎわ》哲也《てつや》、三十一歳で、ちょうど一年前三課に来たが、それまでは経理部にいた。営業マンとしての経験は浅く、どこか腰が引けているところがある。下が入ってくれれば、多少なりとも変わってくれるのではないかと期待していたが、どうなるかはわからない。

私の前を歩いているのは、係長の永島《ながしま》さんだった。さん付けなのは、年齢は二歳上、入社年次がひとつ上だからだ。どうも苦手だとつぶやいて、私は会議室のドアを閉めた。

明治四十年、酒造メーカーとして創業された五つ星ウィスキィ株式会社は、二〇〇五年にファイブスターリフレッシングHDを中心とする体制に移行していたが、はっきり言って古い体質の会社だ。

今も終身雇用制度を謳《うた》っているし、人事も年功序列による場合が多い。すべてではないにしても、年齢が大きなウエイトを占《し》める。

二年前まで、私は三課の、永島さんは一課の係長だった。その年の人事異動で私が三課長に昇進し、永島さんは係長のまま三課に移ってきた。

年上の部下というのは、誰にとってもやりにくいものだ。特に永島さんは個性的というか、独特なキャラクターの持ち主で、単純に言えば極端な個人主義者だったから、なおさら扱いが難しかった。

どんな業種でも、営業にはチームプレーの側面があるが、永島さんはそれができない人だった。だから係長に留《とど》まっているのだろう。それをわかった上で、藤堂部長は新任課長の私に押し付けていた。

他の課長ではなく、私を選んだのは、新任課長が人事に文句を言うはずがないと読んでいたからだ。実際その通りで、黙って受け入れるしかなかった。

あれから二年、私たちの関係は変わっていない。それは会議室での席順にも表われている。一番奥の席は、永島係長の指定席になっていた。

本来なら、課長である私がそこに座るべきなのだが、とにかく波風を立てたくないというのが私の性格で、放っておくしかなかった。

そのため、私の定位置はドアに一番近い席だった。バランスを考えると、どうしてもそうならざるを得ない。

営業二部の八つの課はすべてそうだが、課員は日報の提出を義務付けられている。基本的には誰と会い、どんな打ち合わせをしたのかという箇条書きレベルのものだが、特記事項や共有すべき情報、他社の動向などが書き添えられている場合もあった。

月曜の朝会では、その日報に基づいて各課員がそれぞれ業務の進捗《しんちょく》状況を報告することになっていたが、それは後でいいでしょう、と席に着くなり小峠が口を開いた。

「織田はいいとして、安河商事から来る男のことは何も聞いてません。どんな奴なんです？」

加瀬夏生、と理水が落ち着いた声で言った。名前は聞いてるけどさ、と長机に肘《ひじ》をついた小峠が左右に目をやった。

詳しいことは知らない、と私は手を振った。

「先週の金曜、部長から聞いただけなんだ。安河商事のエネルギー営業本部で、石油の輸入を担当していたらしい。慶葉大卒、二十八歳と言ったかな。別にいいだろう、十時になれば本人が来るから、直接聞けばいいじゃないか」

文学部卒らしいです、と渚がぼそりと言った。

「安河のエネルギー営業本部って、取引先はいわゆる石油メジャーですよね。そんなところにいた人が、何でビール会社に来るんです？　しかも、うちはリリービール社の子会社で、販売専門の会社じゃないですか」

全員の顔にクエスチョンマークが浮かんでいた。おかしいと思いませんかと声を潜めた渚に、確かに、と理水がうなずいた。

上司でもぶん殴《なぐ》ったんですかね、と小峠が物騒《ぶっそう》なことを言った。

「それとも顧客情報の流出かな？　慶葉大出で安河商事って言ったら、エリート中のエリートですけど、逆に言えば世間知らずのお坊ちゃんじゃないですか。タフなネゴシエーションなんか、できるとは思えません。うまい話に乗せられて、犯罪まがいのことをやったとか——」

ちょっと声のボリュームを下げてくれ、と私は言った。小峠は典型的な体育会出身の営業マンで、声が大きい方が正義だと信じている。仕事熱心で、悪い男ではないのだが、うるさいのは確かだった。

人間関係でしょうか、と理水が首を傾《かし》げた。

「偏見ですよ。偏見ですけど、文学部出の優秀な人って、どこか変人っぽいところがあると思いません？　コミュニケーションの取り方が下手《へた》っていうか……加瀬さんって人も、社内で浮いて、居《い》づらくなって辞めたんじゃないかなって」

問題発言だ、と永島係長がつぶやいた。偏見が過ぎる、と私もうなずいた。

「どこの大学、どの学部を出たって、そういう性格の人間はいるし、それが悪いってことでもない。だいたい、そんなことで安河商事が社員を辞めさせるはずないだろう。何万人も社員がいる超大企業だぞ。向いてる部署に異動させれば、それで済む話じゃないか」

それじゃどうしてうちなんかに来るんです、と小峠が長机を叩《たた》いた。うちなんかって、と私は苦笑した。

「ファイブスターリフレッシングHDは傘下のグループ会社、関連会社を合わせると社員数二万五千人だぞ？　誰が見たって大企業だ。そこまで卑下《ひげ》することはない」

自分の言葉に説得力がないのは、よくわかっていた。ファイブスターリフレッシングHDがどれだけ大企業であっても、リリーBS社はリリービール社の子会社で、社員数二百五十人の中小企業に過ぎない。安河商事と比較すること自体、不遜《ふそん》というべきだろう。

織田さんもわからないんですよね、と理水が言った。

「二年先輩なんで、それなりに知ってるつもりです。本人が営業への異動を希望したって聞いてますけど、正直、向いてないんじゃないかって」

いいんじゃないの、と小峠が舌を出して笑った。

「現場の厳しさを、データ女も知っておくべきなんだよ。POSが、消化率がって、口を開けば数字のことしか言わないだろ？　それが仕事だっていうのはわかってるけど、最前線で苦労してるのはおれたちなんだ。営業マンが相手にしているのは人間で、コンピューターじゃない。みっちり鍛《きた》えてやろうじゃないの」

データ女という言い方は止《や》めろと私が注意した時、ノックの音と共にドアが開いた。顔を覗《のぞ》かせたのは、総務部人事課長の東尾《ひがしお》だった。

私の同期で、プライベートでも親しくしている。お互い、遠慮する間柄ではない。

ちょっと邪魔するぞ、と入ってきた東尾が後ろに立っていた二人に顔を向けた。

「今日から三課に配属される織田真里さんと加瀬夏生くんだ。藤堂部長に挨拶《あいさつ》する前に、三課のみんなに紹介しておいた方がいいと思ってね。二人とも、自己紹介ぐらいしておくか？」

促《うなが》された真里が半歩前に出た。小柄で、身長は一五〇センチほどしかない。薄いピンクの縁《ふち》の眼鏡《めがね》とショートの黒髪、化粧っけはほとんどなく、大学を卒業したばかりの新入社員のようだった。

私たち全員が彼女のことを知っている。会議では堂々としているが、自分のことを話すのは苦手らしい。

五年いた販売戦略室から異動してきました、とぼそぼそと小声で言った。

「今までとは仕事の内容が違いますし、営業の現場に出るのは初めてですから、何かと不慣れなこともあるかと思います。わからないことばかりですので、いろいろ教えてください」

永島係長を除き、その場にいた全員が軽く手を叩いた。君の番だと東尾が言うと、明るいグレーのスーツを着た若い男が微笑を浮かべたまま、ゆっくりと口を開いた。

「加瀬夏生といいます。去年まで安河商事で働いていましたが、縁あってこちらでお世話になることになりました。前職は一応営業なんですけど、全然畑違いの分野ですから、まっさらの新人だと思ってください。よろしくお願いします」

変わったトーンの声だった。高いとか低いというのではない。心に染《し》み渡ってくる感じだ。ゆっくりした話し方のせいかもしれない。

聞く者によっては、間延《まの》びした感じを受けるかもしれないが、私はそう思わなかった。どう表現していいのかわからないが、ちょうどいい、というのが率直な感想だった。

前に出るのでもなく、後ろに引くわけでもなく、過不足なくありのままの自分について語っている。素直でピュアな性格なのだろう。

更に言えば、芯《しん》の強さを感じた。声だけでそこまでわかるのかと言われると、簡単にはうなずけないが、二十八歳という若さにしては自分を持っている男だと思った。今時、珍しいタイプだ。

彼が三課長の門倉、係長の永島さん、小峠主任、と東尾が順番に私たちを指さしていった。

「加瀬くんはうちの会社自体が初めてだから、まずは顔と名前を覚えることから始めるんだね。新卒の社員とは違うから、即戦力として働いてもらうことになるけど、いきなりってわけにもいかないだろう。その辺はトモゾー……門倉課長の指示に従えばいい」

トモゾーというのは、東尾がつけた私のあだ名だ。門倉友広《ともひろ》という名前があるのだが、いつも本ばかり読んでいて年寄り臭い、というのがトモゾーの由来だった。

はい、と加瀬が返事をした。どうするんだ、と東尾が私に顔を向けた。

「教育係っていうか、誰につけるか決めたのか？」

一応、と私は小峠と渚を交互に見た。どんな会社、どんな職種でも同じだろうが、新しく入ってきた者をいきなり現場に出すことはない。

しばらくの間は業務についてレクチャーし、その後アシスタント的な形で先輩と一緒に動くのが普通だ。

本来なら永島係長に任せたいところだったが、そういうタイプの人ではないし、断られるに決まっていた。

三課で働いた期間が一番長い理水が教育係にふさわしいのだが、二人より年下だから、負担になるだろう。そのため、小峠と渚に二人を任せることにしていた。

小峠と真里が合うはずもないから、渚と真里を組ませるしかない。必然的に加瀬の担当は小峠ということになる。

もうひとつ、私には狙《ねら》いがあった。真里に仕事を教えることで、渚が少しでも積極的になってくれれば、というのがそれだ。

「それじゃ、二人のことはよろしく頼むよ。人事としては、皆さん仲良くやってくださ い、それだけだ」これは社会人の先輩としてのアドバイスだけど、と東尾が二人に目を向けた。「焦《あせ》る必要はないからね。ひと月で一人前になってくれなんて思ってない。細かいことを言わない男だから、その意味じゃ門倉はいい上司だよ……さて、それじゃ藤堂部長のところに行こうか。他の課長たちにも挨拶をしないと――」

会議室の内線電話が鳴り、近くにいた加瀬と真里が手を伸ばした。先に受話器を取った真里が、藤堂部長ですと東尾に言った。

「待ってるんだ、とおっしゃってますけど……」

すぐ行きますと受話器に向かって大声で言った東尾が、二人の背中を押して会議室から出て行った。閉まりかけたドアの隙間《すきま》から加瀬の横顔が見えた。内心、感心していた。

正確に聞いていたわけではないが、中途採用が決まったのは連休明けだったろう。その後、リリーBS社に来て、総務からレクチャーを受けていたはずだが、正式な意味での出社は今日が初日になる。

中途採用とはいえ、立場は新入社員だ。目の前で電話が鳴っても、普通は出ないだろう。慣れていないということもあるし、出ていいのかどうか、それすらわからないはずだ。

だが、加瀬は迷わず手を伸ばした。当たり前に見えるが、なかなかできることではない。

度胸がいいとか、新人としての気配りとか、そういうことではなく、自然に手が伸びたのだろう。気遣《きづか》いのできる男だ、と思った。

あれが安河商事か、と小峠が短く刈り上げた頭を掻《か》いた。

「ぼんやりした顔をしてましたね。何ていうか、期待外《はず》れだな。特に何があるって感じじゃ……」

草食男子、と理水がつぶやいた。そんな感じだねと渚が言ったが、渚自身どちらかと言えばいわゆる草食系だから、言える立場ではないのではないか。

小峠と渚に、二人のケアを頼んだぞと念押ししたが、私の中に違和感があった。というより、既視感、デジャブに近い。

真里はともかく、加瀬という男のことを知っているような気がしていた。どこかで会ったことがあるのではないか。

だが、それはあり得なかった。出身大学も違うし、二十八歳だというから、干支《えと》でいえばちょうどひと回り下になる。商社とビール会社に、接点などあるはずもない。

それでも、あの男と会ったことがある、という確信めいたものがあった。整った顔立ちをしていたが、目立つというほどでもない。通勤電車が同じとか、そういうことだろうか。

安河商事は外苑前に本社があり、通勤のために使う路線は銀座線がメインだ。リリーBS社の社員も、銀座線を使う者が多い。私もその一人だ。

同じ車両に乗り合わせていた可能性は十分にある。それで見覚えがあるのか。

違う、と首を振った。もっと強い印象がある。だが、それが何なのか、思い出すことはできなかった。

「課長、聞いてます?」

小峠の大声に、私は顔を上げた。全員が見つめていた。

「歓迎会の日時、さっさと決めましょうよ。ビールを売ってる会社なんです。やることやらないと、示しがつかないじゃないですか」

あの二人のスケジュールを確認する方が先だろうと言うと、それもそうですね、と小峠が会議室を飛び出していった。考えるより先に走り出すのが、小峠という男だった。

3

一週間が経《た》った。新人が二人入ってきたが、それで特に何かが変わるわけでもない。やむを得ないところで、それぞれに事情があった。

真里は社内異動だが、今日から営業部に移るので、販売戦略室での仕事は一切《いっさい》関係ありません、というわけにはいかない。

引き継ぎは終わらせていたはずだが、問い合わせや確認の連絡が何度も入っていた。そのたびに販売戦略室へ行き、説明しては戻る、その繰り返しだった。

加瀬もそれは同じで、新卒の新入社員とは違い、社会人経験があるから、電話の取り方や名刺交換のようなサラリーマンとしての基礎研修こそ必要なかったが、安河商事とは精算伝票の書き方ひとつ取っても違うし、細かいことを言い出せばきりがない。レクチャーを受けるために経理や総務を往復し、席を温める暇《ひま》もないほどだった。

二人の教育係を担当する小峠と渚には、落ち着くまでしばらく待てと伝えていた。部署の雰囲気に慣れてからでも遅くないだろうし、それまでは電話番のつもりでいればいい、と私は考えていた。

飲食店へのセールスがメインになる営業二部には、昼の営業と夜の営業がある。酒類メーカーはどこも同じだろうし、大きく言えば日本中の営業マンが昼と夜の顔を持っているはずだ。

ビールの売り込みというと、店のオーナーやチェーン店の店長クラスを酒席で接待する仕事と思われがちだし、そういうこともあるが、実際には昼の営業の方が比重は大きい。

私たち営業二部のメインターゲットは個人経営の店だ。ほとんどの店が夕方、もしくは夜にオープンする。そんな時間に商談に行っても、営業妨害になるだけだ。

重要なのは午後の時間帯で、永島さんをはじめ他の課員たちは、昼前に会社を出て、終日外回りということが多かった。それが昼の営業だ。

夜の営業というのは、開店中の店を訪れ、店長や責任者と話すことが主となる。言ってみれば、親睦《しんぼく》を深めるためのもので、リリーBS社では〝仁義を切りに行く〟という言い方が使われていた。

ただ飲み歩いているだけだろうと思うかもしれないが、そうではない。新店オープンのような重要な情報を教えられることもあるし、他社の動向を聞くこともあった。親しくしておいて損はない。

最近ではチェーン居酒屋が全盛だが、それでも個店営業の店の方が数としては多い。個店営業というのは、ビール会社同士の陣取り合戦の面があり、ひとつ間違うと〝めくり〟と言って、その店が扱っているビールを他の会社のビールに替えられてしまう場合もあるから、気を抜くことはできなかった。

課長は現場の最前線指揮官だから、私も担当を持っていたし、外回りに出ることもあった。ただ、同時に管理職でもあるから、会議も多く、社内にいる時間は比較的長い。

そのため、特に何もなければデスクに座っているので、加瀬と真里のことを観察する時間はあった。

真里が不満げなのは、見ていればわかった。販売戦略室で室長補佐まで務めていたのに、どうして電話番をしなければならないのか、と顔に書いてあった。

彼女ほどのキャリアを持つ社員なら、誰でもそんな顔になる。これでいいのか、という焦りがあるのだろう。

それは私にも覚えがあったから、しばらくのんびりしていろ、と声をかけるようにしていた。これればかりは、慣れるまで辛抱《しんぼう》するしかない。

それに対し、加瀬は不思議なくらい落ち着いていた。十年、三課にいますという顔で、デスクに座っている。

本来なら、加瀬の方が焦ってもおかしくない。何しろ、彼は社内のことを何も知らない。三課はともかく、他の課については課員の顔と名前も一致していないのではないか。

人間関係も把握できていないし、話す相手もいない。転職すれば誰でもそうだから、仕方ないことだが、加瀬は動かざること山の如《ごと》しで、独特のゆったりした笑《え》みを浮かべながら、毎日を過ごしていた。

この一週間で、加瀬と真里を誘い、二回ランチに行った。課長とは面倒なもので、半《なか》ば義務だったが、興味があったのも本当だ。

なぜ日本を代表する商社のエリート社員というポジションを捨てて、比較にさえならない規模のビール販売専門会社に加瀬は転職してきたのか。真里は入社以来所属していた販売戦略室から、どうして営業部への異動を希望したのか。

私の問いに、現場を知りたかったからですと真里が答えた。

「ビール販売に特化した会社にいるのに、扱っているのは数字ばかりで、それでは本来のお客様の顔が見えないと思いました。実際にビールを売っている店や、そこで働く人の声を聞くことが、今後のキャリアアップに繋《つな》がると考えたからです」

優等生的な回答だったが、それなりに納得できた。販売戦略室が細かい数字やデータを分析することで、リリーBS社の営業力が底上げされたことは事実だが、現場をわかっていないと批判する声も多かった。

真里はそれが悔《くや》しかったのだろう。おとなしそうに見えるが、意外に気が強いようだ。

「どうせなら、データの見えにくい個人経営の店を担当したいと……」真里が私を見つめた。「それで、門倉課長の下で働きたいと希望したんです」

別に三課でなくてもよかったんじゃないか、と思ったが、それは言わなかった。射るような目で私を見ているのは、前年度のうちの課の成績がふるわなかったためなのだろう。

真里本人としては、テコ入れぐらいの意気込みがあるのかもしれなかった。

「加瀬くんは、どうしてうちに来たんだ？」

そう尋ねた私に、リリービールが好きなんですと加瀬が答えた。

「安河商事はいい会社ですし、辞めた今も好きです。ただ、何となく合わないとも感じていました。どこ、と言われても困るんですが……転職を考え始めたタイミングで、ネットにリリーBS社の中途採用募集情報が上がっているのを見て、どうせなら好きな物を売りたいと思って履歴書を出したら、たまたま受かって……そんなに難しい話じゃないんです」

今時の若者らしいと言えば、らしい話だった。彼らは仕事に、いや、会社に執着しない。給料や福利厚生、将来的な安定より、自分が好きな仕事をしたいと望む。

転職にそれほど抵抗もない。加瀬もそういう若者の一人、ということなのだろう。

「給料が下がったんじゃないのか」

冗談めかして言うと、ぼくの年齢だとそんなに変わりませんと真顔で加瀬が答えた。言われてみれば、そうかもしれなかった。

真里のキャリアは、ある程度知っているつもりだ。営業部の会議には販売戦略室から真里が出ることも多かったし、課単位の販促会議でもそれは同じだ。

私も課長の一人だから、相談をしたり、されたこともあった。何となくだが、性格も理解できる。

だが、加瀬のことはよくわからなかった。三課に来て、まだ一週間しか経っていないのだから、当たり前といえば当たり前なのだが、他の課員も含め、もっと接する機会を増やすべきなのだろう。新しい環境に慣れてもらわないと、困るのは私たちだ。

（……違う）

パスタを食べている加瀬に目をやりながら、私はつぶやいた。どこか気になる。放っておけない感じがする。

私だけではなく、三課の課員たちも同じだった。この一週間、小峠以下全員が加瀬に話しかけているのを、何度も見ていた。不慣れな中途採用の社員に何かを教えるという義務感からではなく、もっと積極的な意志があった。

加瀬は二十八歳で、社会人として六年のキャリアがある。新入社員とは違うから、そこまでしなくてもいいだろうと思うこともあったが、加瀬のどこかに、何かしてやりたいと思わせるところがあるのは確かだった。

最近は社員同士でもプライベートな質問をするのが憚《はばか》られる雰囲気があるし、小峠のような多少デリカシーに欠けた男でも、一、二週間で踏み込んだことは聞けない。

そのため、彼らが話すのは仕事に関することが主だったが、基本的に加瀬は黙って聞いていた。だが、意見を問われると、それには答える。そのバランスが絶妙だった。

他人との距離の取り方がうまい、というとあざとく聞こえるかもしれないが、加瀬の場合、計算でそうしているのではなく、生まれつきの性格のようだ。優秀な営業マンには必須の能力だった。

しかし、そうなるとうちの会社に来た理由がますますわからなかった。加瀬には優《すぐ》れた営業マンとしての資質がある。それはリリーBS社より、安河商事でこそ生かされる力だろう。

もうひとつ言えば、加瀬は他人を不快にさせない男でもあった。それもまた、優秀な営業マンの資質だ。

真面目、トーク力が高い、責任感が強い、キャラクターが面白い、明るい、信頼できる、言うまでもなく、そういうプラス面は重要だが、私の経験では、それよりも他人を不快にさせない人間の方が結果を出すことが多かった。十年以上営業職に就《つ》いていた者なら、誰でもうなずくのではないか。

ひと言で言えば、優しい男ということになる。だからこそ、三課の全員が加瀬に何かしてやりたいと思うのだろう。

おしなべて言えば、私たちの世代も含め、多くの者が優しくなっているという言い方もあるだろうが、加瀬の持つ優しさは少し違った。

どう表現すればいいのかわからないが、優しさの上を哀しみの膜が覆《おお》っている、ということだろうか。

ただ優しいだけではなく、一本筋が通っていることも、話しているうちにわかった。そういう資質を見込まれて、加瀬は安河商事のエネルギー営業本部に抜擢《ばってき》されたに違いない。

極端な言い方になるが、日本の経済を支えているのは、石油をメインとしたエネルギーで、安河商事は石油の取り扱い高が日本一大きい会社だ。やり甲斐《がい》もあったはずだが、なぜ辞めたのだろう。

本人も言っていたが、性格的に向いていなかったということはあるのかもしれない。石油資源に乏《とぼ》しい日本という国は、そのほとんどを輸入に頼っている。

交渉相手は世界の石油メジャーで、神経を磨《す》り減らすような毎日が続いていたはずだ。それに疲れてしまったのではないか、と加瀬を見ているうちに思うようになっていた。

4

六月二十六日、日曜日。いつものようにドリームブックスで時間を過ごし、車でマンションに戻ろうとしていると、どうなのパパ、と後部座席で自分と沙南のシートベルトを付けながら宏美が言った。

「何がだ?」

「先週、新しい人が二人配属されてきたんでしょ?　どんな感じ?」

そう言われてもなあ、と私は首を傾げた。

「こんな短い間じゃ何もわからないよ。まあ、販売戦略室から異動してきた織田っていう女性社員のことは、会議なんかで一緒になることもあったし、それなりに知ってるつもりだけど。数字にうるさいところがあって、営業に向いているかどうか、そこは何とも言えない。でも、これからはああいうタイプも必要になってくるんだろうな」

「もう一人は？」

宏美の隣で、沙南がドリームブックスのガチャガチャで買ったビニール製の子犬と子猫を戦わせていた。昔とは違い、人形を使っておままごとをするだけが、女の子の遊びではない。

「話しただろ？　安河商事から転職してきた期待の星さ」ドリームブックスの駐車場から車を出し、環八通りに向かった。「名前は言ったっけ？　加瀬っていうんだけど、二十八歳だったかな。こっちは本当にさっぱりわからない。まだ来たばっかりだし、どんな人って言われてもね……まあ、悪い感じはしないよ。仕事もできるんじゃないかな」

「熱血営業マンタイプ？」

小峠とは違う、と私は苦笑した。前に接待が長引き、流れで私の家に泊まったことがあった。泥酔《でいすい》していたにもかかわらず、自分は小峠でありますと自己紹介したその姿に、私と宏美は涙を流さんばかりに笑ったものだ。

「あたし、嫌いじゃないけどな」小峠さんみたいな人、と宏美が言った。「わかりやすくていいじゃない。翌朝、二日酔いで顔色を真《ま》っ青《さお》にしながら、ご飯を三杯もお代わりしてたけど、あれも小峠さんなりの男気なんでしょ？　奥さんの料理うまいっすね、とか下手なお世辞を言ったりするのも、逆に好感度大だった」

加瀬はそんなこと言うタイプじゃない、と私はアクセルを踏み込んだ。

「あいつは何があっても上司の家に来たりしないだろう。むしろ、今じゃ小峠みたいな奴の方が珍しいんだ。加瀬は今時の若者だよ。癖もないし、扱いやすい感じがする」

加瀬に限らず、最近の若手社員の多くは素直だ。指示には忠実に従い、自分の意見を強く主張することもない。

ただ、言われた以上のことはしないし、自分から積極的に意見を言うわけでもなかった。仕事は仕事と割り切っているのだろうが、そこが物足りないという思いはあった。

「加瀬は……ちょっと違うかもしれない」私はバックミラーに目をやった。「転職してきたばかりってこともあるんだろうけど、ビール業界のことを調べたり、他の社員に質問をしたり、とにかく熱心だ。おれもいろいろ聞かれたよ。積極性をアピールしようとか、そんな感じじゃないんだ。スタンスがいいっていうのかな、聞かれていないことでも教えたくなるところがあって、この前も――」

信号、と沙南が大声を上げた。目の前の信号機が黄色から赤に変わるところだった。

気をつけて、と宏美が運転席のヘッドレストを強く叩いた。

「何なの、話に夢中になるのはいいけど、信号ぐらいちゃんと見てよ……でも、その加瀬くんのこと、パパは相当気に入ってるみたいね」

そんなことないさ、とだけ言って私は口をつぐんだ。正直に言うと、気にな
加瀬にはそういうところがある。どう言っていいのかわからないが、どこか気になる。弟のような感覚、ということだろうか。

二十八歳だというが、どんな業種でも三年働けば、それなりに慣れるものだ。印象だが、加瀬もきちんとした社会人の顔をしていた。

だが、どこか〝なりきっていない〟感じもした。常識もあるし、社会性もあるのだろうが、ある意味で世間知らずというか、超然とした雰囲気があった。

三課に配属されて、まだ二週間しか経っていない。業務の説明などを除けば、それほど長く話したわけでもなかった。

そんな短い時間で、何がわかるはずもないのだが、どういうわけか加瀬の本質が理解できる気がしていた。ランチの時、趣味は読書ですと言っていたが、それも理由のひとつだ。

これは時代の趨勢《すうせい》で、本を読む者が極端に減っている。私の世代ですらそうで、リリーBS社に入社してから、同期の社員と本の話をした記憶はほとんどなかった。

ビジネス書や自己啓発本なら、彼らも読んでいる。だが、小説ともなるとほぼゼロだ。

ひと回り下の加瀬の世代だと、読書の〝ど〟の字も出てこない者の方が圧倒的なマジョ

リティーだろう。

ところが、加瀬は読書が趣味だと言い、特に小説をよく読むと話していた。慶葉大の文学部卒ということもあるのだろうが、最近何を読んだのかと聞いてみると、加瀬が挙げた数冊の本は、私も読んでいたものだった。

それは偶然に過ぎないが、読書の傾向が似ているのは確かで、加瀬の本質がわかるような気がするのは、そのためだった。本棚を見れば、その人の性格がわかるというが、それに近いかもしれない。

ただ、それだけではないという思いもあった。もっと心の深いところで、加瀬と通じる何かがあるような気がしていた。

とはいえ、それは何かと問われると、うまく答えられない。自分でもよくわかっていなかった。加瀬のことが気になるのは、そのためもあるのだろう。

「パパ、言ったでしょ」ウインカーを出した私に、宏美が呆《あき》れたような声で言った。「帰る前にスーパーに寄るって。人の話、聞いてないの？」

すいませんと謝って、ウインカーを戻した。何か調子がおかしい。加瀬のことを考えていたせいかもしれない。

今日の夕ごはんは何を食べるのと聞いた沙南に、それはヒミツと宏美が答え、私たちは声を揃えて笑った。平和な日曜日の夕方だった。

5

七月一日、金曜日。永島係長を除く営業二部三課の六人が、加瀬と真里の歓迎会のため、七時に会社を出た。

今回の幹事は理水と渚で、向かったのは最近数寄屋橋《すきやばし》に開店した〝トキワ〟という串揚げ屋だった。

「知ってる店なんですか？」

歩きながら尋ねた真里に、まあね、と渚が胸を張った。得意げなのは、〝トキワ〟がオープンするという情報を他社より早くキャッチし、飛び込み営業をかけたことで、リリーブランドのビールを扱う契約を取ってきたためだった。

それが仕事だろうと言われるかもしれないが、飛び込み営業は決して簡単ではない。ビール業界のシェアは、ウェーブビール社とビアゴールド社のトップツーが七割以上を占めている。後発のリリービールは知名度も低く、常に不利な戦いを強《し》いられてきた。

知名度は信頼性に直結している。信頼できない相手と商売しようとは、誰も思わないだろう。

そこに食い込んでいったのは、一年三課にいて、渚にもそれなりにやる気が出てきたことの表われと言っていい。ゆっくりとしたペースではあるが、営業マンらしくなっていることが嬉《うれ》しかった。

予約していた半個室に入り、奥側の真ん中に私、左右に今日の主役である真里と加瀬、向かい側、私の正面に小峠、その隣に理水、そして出入り口に一番近い席に渚が座った。新人歓迎会の席順は、いつもこんな感じだ。

永島係長は来ないんですかと囁《ささや》いた加瀬に、あの人が来るわけないだろうと小峠が唇をすぼめた。

「いつものことだよ。会と名のつくものには出ないって決めてるそうだけど、どうなんですかね、課長」

徹底的な個人主義の永島さんは、歓送迎会、忘年会、新年会、あらゆる会に欠席する。十年前なら大顰蹙《だいひんしゅく》だったろうが、最近は若手社員にもそういう者が多くなっているから、ある意味で永島さんは時代を先取りしていたのかもしれない。

その辺りは個人の考え方だから、強制するつもりはなかった。小峠は不満そうだが、それは人生観の違いで、言っても始まらない。

混んでますね、と加瀬が言った。半個室なので、店内の様子が見えたが、八割ほどの席が埋まっていた。渚の顔に、笑みが浮かんでいた。

飲食店の個店販促営業マンは、自分が担当する店に思い入れを持つ。店が繁盛《はんじょう》すればビールの売上が増えるから、というビジネスライクな理由だけではない。〝トキワ〟のように新店としてオープンする場合、開店前から通って店主、オーナーと親しくなり、時にはアドバイザー、あるいは経営コンサルタントとして相談相手を務め、ビジネスを超えた親しい間柄になることもある。店が流行《はや》ってほしいと損得抜きで願うようになるのは、人情というものだろう。

私たちが席に落ち着いたタイミングを見計らうように、作務衣《さむえ》を着た若い女性店員が中ジョッキを三つずつ両手に持って入ってきた。

当然のことだが、店主は渚のことをリリーBS社の社員だとわかっている。ビール会社の社員が最初に頼むのは、ビールしかない。

ジョッキの中は、新商品のリリービール・マキシマムZだった。この数年、リリービールブランドを牽引《けんいん》してきたマキシマムXのバージョンアップで、会社の一押し商品でもある。

全員がジョッキを掲《かか》げた。三課に新人が二人入ってきた、と私は立ち上がった。

「慣れるまではいろいろ大変だと思うけど、とにかく頑張《がんば》ってほしい。というわけで、乾杯」

全員がジョッキを合わせた。一気に半分ほど飲んだ理水が、美味《おい》しいと満足そうにうなずいた。

体質的にアルコール耐性が強く、三課どころか営業二部で最もよく飲み、食べるのは理水だ。なぜ太らないのか、スタイルを維持できるのかは、リリーBS社七不思議のひとつだった。

ビール会社に勤めているのだから、社員が全員酒豪かというと、そんなことはない。営業部の社員でまったく飲めないという者はさすがにいないが、総務や経理にはひと口も飲めないという者もいた。

強い弱いは当然あるし、飲み方も違う。小峠がそうだが、何かに挑むような勢いで飲む者もいるし、渚のようにちびちび飲む者もいる。

私自身はどうかというと、落ち着いて飲むタイプだった。特にマキシマムZについては、味わいを楽しむビールだと思っていた。

日本人が酒の席でビールを飲むのは、最初の一杯目が多い。とりあえずビール、という決まり文句を言ったことは、誰でもあるだろう。私の中では、それが不満だった。

ビールとは、〝とりあえず〟飲むだけのものなのか。そんなことはないはずだ。

就職先としてリリーBS社を選んだのも、リリーブランドのビールには他の会社のビールにない深い味わいがある、と感じていたことが大きかった。

とりあえず、何となく、最初の一杯だけ飲むビールではなく、ワインや他のアルコール飲料と同じように、食事と共に楽しんだり、時にはデザートと合わせたり、あるいは香りや感触、すべてを包括《ほうかつ》する深みを持つビール。

その可能性を持っているのは、リリーブランドのビールだけだと思った。だからリリーBS社に入ったのだ。

誰でも自社製品には自信と愛着があるだろう。私もそうだ。

歴史や知名度はともかく、品質に関しては他のビールに負けていないと信じていたし、むしろ勝っているというプライドがあった。もっと多くの人に味わってもらいたいと、心から願っていた。

コースで予約していたので、すぐに豚バラ肉とシイタケの串が運ばれてきた。足りなかったら追加すればいいと私が言うと、ぱらぱらとお義理の拍手があった。課長職とは、その程度のものだ。

ビールを飲み、揚げたての串を食べながら、しばらく和《なご》やかに話した。最初は加瀬と真里に話を振っていたが、二杯目のジョッキをお代わりする頃には、かなり場も崩《くず》れていた。

お前はペースが遅いな、と小峠が空《から》になったジョッキを突き出したのは、宴《うたげ》が始まってから小一時間ほど経った頃だった。そうですか、と加瀬が首を傾げた。

「別に一気飲みしろとか、そんなことを言ってるんじゃないけどな」大学生じゃないんだからさ、と小峠がテーブルにあった呼び出しボタンを押した。「だけど、ビールだぞ？

勢いで飲むものだろ。お前たちの歓迎会なんだから、もっとガンガンいけよ」

小峠は体育会気質を絵に描いたような男で、こういう席では、飲んで騒いだり歌ったりするべきだと信じている。もっと楽しめ、と言いたいのだろう。

「まさかビールが嫌いだとか、そんなこと言い出すんじゃないだろうな」

違いますよ、と微笑を浮かべたまま加瀬が言った。

「好きです。そうじゃなかったら、ビール会社に転職しません。特にリリービールは大好きです。お世辞抜きで、そう思ってます」

「だったら、もっと美味《うま》そうに飲んだらどうなんだ」

ご注文でしょうか、と店員が入ってきた。中ジョッキ二つ、と大声で言った小峠に、そういうの止めましょうよ、と理水が肩を叩いた。

「飲み方は人それぞれでしょ？　加瀬くんは楽しそうに飲んでるって、あたしは思いますけど」

織田はどうなの、と小峠が矛先《ほこさき》を変えた。

「何だよ、全然飲んでないけど、どういうつもりだ？」

真里が私に訴えるような視線を向けた。苦手なのかと尋ねると、はい、と小さくうなずいた。

「飲めないわけじゃないんですけど、ちょっと量は……」

気にしなくていい、と私はメニューを開いた。

「ウーロン茶でも飲んだらどうだ？　無理することはない」

ありがとうございますと私を見つめていた真里に、そりゃまずいんじゃないの、と小峠が説教を始めた。

「販売戦略室と営業部は違うんだ。三課は個店営業がメインだぞ？　ビールを売ってる会社の営業マンが、ビールを飲めなくてどうすんだ。どうやってセールストークする？　あたしは飲めないいんですけど、美味しいですよって？　誰がそんなビールを扱ってくれると……」

落ち着け、と私は小峠の腕を押さえた。

「お前はピッチが早過ぎる。もっとゆっくり飲め。だいたい、今日は二人の歓迎会なんだぞ。説教する場じゃないだろう」

そうですけど、と小峠が座り直した時、白玉《しらたま》の、と加瀬が口を開いた。

「歯にしみとほる秋の夜の、酒はしづかに飲むべかりけり」

若山牧水《わかやまぼくすい》の名句だった。それは知ってるけど、と渚が鶏《とり》ササミの串揚げを手元の小皿に載せた。

「あれは日本酒の歌だろ？　ビールは静かに飲むものじゃないと思うけどね」

そうかもしれません、と加瀬がジョッキを傾けた。

「ビールは賑やかに飲むべかりけり、というのもわかります。それも楽しいですよね。でも、じっくり落ち着いて味わうのもいいんじゃないですか？　マキシマムZには、それが合ってるような気がします」

お代わりを頼んでもいいですか、と加瀬が言った。いつの間にか、彼のジョッキは空になっていた。

「ビールに限らず、お酒の良さってそういうところだと思うんですよ。みんなでわいわい騒ぎながら飲むも良し、一人静かに楽しむも良し、飲んでいるのをただ眺めているのも良し。楽しみ方は人それぞれ自由で、そういう懐《ふところ》の広さがお酒の魅力なんだろうなって」

そうは言うけどさ、と小峠がまた嚙《か》み付いた。

「ガンガン飲んで勢いつけるのに、ビールは一番向いてるんだよ。高級ワインじゃないんだから、そうやって飲んでもらわないと会社としても困るだろ」

それもそうですね、と運ばれてきたジョッキを受け取った加瀬がひと口飲んだ。加瀬には自分のペースがあるのだろう。

じっくりビールと向き合いながら、時間を過ごす。それが彼のスタイルのようだ。

私と似ている、と思った。飲み方もそうだが、リリービールに対する考え方も同じだ。ただ酔うためのビールではなく、味わいを楽しむビール。それがマキシマムZだと私も思っていた。

小峠のように、ビールから始めて、他の酒にシフトチェンジしていく者は多い。本格的に飲む時は、自分が一番好きな酒を選ぶ。その方が普通かもしれない。

だが、ビールにはもっと多様な可能性があるはずだ。最初から最後までビールを楽しんでもいい。リリービールには、それだけの潜在能力がある。

ただ、それが世の中の常識と合わないことはわかっていた。ビアホールやビール専門店ならともかく、一般的には最初の一杯という位置付けのアルコール飲料だ。それは習慣だから、変えるのは難しい。

「じっくり落ち着いて味わうのもいいんじゃないですか？」

そんな私にとって、加瀬の言葉は天から垂《た》れてきた蜘蛛《くも》の糸のように思えた。

私と同じ考えを持つ者がいる。無人島だと思っていたら、そこに人がいた。そんな感覚だ。

四杯目のジョッキを半分ほど飲んでいた小峠が、また加瀬に絡《から》み始めていた。いつの間にか渚と席を替え、正面に座っている。

私の隣では、真里が赤くなった頬《ほお》に手を当てていた。少し飲んだだけで、酔ってしまったようだ。今にも、私の肩に顔を埋《うず》めて寝てしまいそうだった。

追加のオーダーにアスパラの串とシシトウの串のどちらを選ぶかで、理水と渚が揉《も》めていた。お前は、と小峠が加瀬の皿を指した。

「あれか、飲むと食わないタイプか？　串揚げだぞ、熱いうちに食えよ」

猫舌なんです、と加瀬が笑った。ならしょうがないか、と小峠も笑った。

いつの間にか、加瀬のペースに巻き込まれたようだ。文句を言いながらも、小峠は楽しそうにしていた。

それが酒の効用なのかもしれない。兄貴風を吹かせたがるところはあるが、小峠はさっぱりした性格の男だ。いい後輩ができた、と思っているのだろう。

ちょっとトイレに、と加瀬が立ち上がった。その背中を目で追っていると、不意に頭の中で何かが閃《ひらめ》いた。

先々週の日曜、ドリームブックスにいた時、文庫の棚から『銀の匙』を私の目の前で抜き取っていった男。あれは加瀬だったのではないか。

意識していなかったが、少し右肩を下げて歩く姿に見覚えがあった。間違いなく、あれは加瀬だった。背格好も同じだ。

ただ、そうなるとわからないことがあった。加瀬は文京区《ぶんきょう》の小石川《こいしかわ》で一人暮らしをしていると言っていた。

慶葉大の文学部キャンパスが白山《はくさん》にあり、通学に便利なので部屋を借りたと話していた記憶もある。

言うまでもないが、ドリームブックスは杉並区の書店だ。私は自宅が近いからよく通うが、文京区の住人が行く理由はない。

もっとも、あの日は日曜だった。加瀬の友人が杉並区近辺に住んでいるのかもしれない。遊びに行って、その帰りにドリームブックスへ寄ったというのは、ありそうな話だ。

トイレから戻ってきた加瀬の肩に、ところでさ、と小峠が手を掛けた。

「酒の席だから聞くけど、どうなの。彼女とかはいるのか？」

若鶏の唐揚《からあ》げにかぶりついていた渚が、身を乗り出した。草食系は口を出すな、と小峠が大きく首を振った。

「お前は頼りにならない。どんだけ合コンをセッティングしろって言っても、ちっとも動こうとしないじゃないか」

そういうの嫌いなんです、と渚が肩をすくめた。

「そういう作った出会いじゃなくて、もっと自然な形がいいんですよ。だいたい、小峠さんは焦り過ぎです。合コンに来るような女に期待するのは、間違ってますって」

渚のことは当てにしてない、と小峠が加瀬に目を向けた。

「どうなの、加瀬ちゃん。腐っても慶葉ボーイなんだ、彼女ぐらいいるだろ？　つまり何が言いたいかっていうと、彼女さんの友達とかを紹介してくれないかってことで……」

止めた方がいいよ、と笑いながら理水が言った。

「あたしも友達を紹介してくれって頼まれて、一回だけ合コンをセッティングしたけど、小峠さんはやたらと上からで、みんな引いてた。ぶっちゃけますけど、今時オラオラでついてくるような女子がいると思ってるんですか？」

そりゃオラついたこともあったけどさ、と小峠が慌《あわ》てたように手を振った。

「もう改心した。頼むよ、加瀬。慶葉の同級生でもいいし、安河商事は本社だけで何千人も社員がいるんだろ？　元同僚でも後輩でも――」

彼女はいません、と加瀬が首を振った。

「ぼくはあんまり役に立たないと思いますよ。そもそも女性の友達がいないんです。高校まで男子校だったからかもしれませんが、女性との接し方がよくわかってなくて……それこそ草食系なんでしょう。高三の時付き合っていた子と大学二年の時に別れて、それっきりです。でも、別に困りませんし……」

そうは見えないけどな、と小峠が加瀬の全身をじろじろと眺め回した。

「人当たりも柔らかいし、女子人気は高そうだ。苦手だって言うけど、向こうが放っておかないんじゃないか？　ボクハマジメナンデス、とか言うなよ。別にいいじゃないか、最初は遊びでも、そこから本気の恋になることもある」

知っている限り、この五年、小峠は女性と交際していない。それ以前も怪しかった。

彼女がいたとしても、一人か二人だろう。小峠よ、なぜお前が堂々と恋愛について語るのか。

「そう言われても、いないものはいないんです」加瀬が困ったような表情を浮かべた。「ぼくの方こそ、お願いしたいぐらいですよ。小峠さんだって、女友達ぐらいいるでしょ？」

その辺で止めとけ、と私は言った。加瀬のためもあったが、小峠のためでもあった。悲しいお知らせだが、小峠に女友達はいない。

「本人がいないって言ってるんだ。無理やり紹介させてどうする」

そりゃそうですけど、と小峠が拗《す》ねたようにビールを飲み始めた。加瀬が私に頭を下げたのは、助かりましたという意味なのだろう。

交際している女性がいないというのは本当なのだろうが、意外でもあった。小峠ではないが、加瀬は女子から人気があるタイプに見えた。学歴、職歴も申し分ないし、ルックスも悪くない。

どこの大学でも、文学部は女子学生の方が多いはずだ。安河商事にも、同世代の女性社員は大勢いただろう。彼女たちは何をぼんやりしていたのか。

「わかった、わかりました。それじゃ妹は？」未練がましく、小峠がジョッキを傾けた。「何だったら姉さんでもいい。三十五歳までならストライクゾーンだ」

「十歳上の兄がいます」

それだけです、と加瀬が無表情のまま言った。酔っ払いを相手に、真面目に答えても意味がないと思ったようだ。

「お兄さんのお仕事は？　何してるの？」

理水が話に入ってきた。それなりに興味があるようだ。

だが、加瀬は肩をすくめただけだった。兄弟仲が良くないのかもしれない。

兄がいると聞いて、加瀬の人間性がわかったような気がした。どこか人懐《ひとなつ》っこい雰囲気は、弟ならではのものだ。

それにしても、と私は五人を改めて見た。話を聞いている限り、全員交際相手がいないようだ。他の課でも、そういう者は少なくない。

世の中、晩婚化が進んでいるというが、リリーＢＳ社でもそれは同じだった。男女を問わず、結婚しない者が増えている。

ただ、本人たちがそれでいいと思っているのだから、余計な世話を焼くつもりはなかった。加瀬が言っていたように、特に困ってもいないのだろう。

「小峠、もう何も言うな。そんなことより、まずは加瀬も織田も仕事を覚える方が先だ。特に加瀬は会社そのものに慣れないとな。女友達の紹介だの何だの、そんなことは後でいい」

そのつもりです、と加瀬がうなずいた。おれはどうすればいいんですかと小峠が叫び、全員が笑った。夜は始まったばかりだった。

～第二種接近遭遇～　ドン・キホーテ

1

「何かあった？」

　レンタルＤＶＤを入れた黒い袋を手に提《さ》げた宏美が言った。横に沙南が立っている。特に何も、といつものように私は首を振った。

　七月三日の日曜日、私たち親子三人は例によって例の如《ごと》しで、環八通り沿いの郊外型複合書店、ドリームブックスにいた。

　それぞれが好きなように時間を過ごし、そのまま帰るのがいつものルーティンだったが、読みたい本が見つからないと言って、二人を三十分ほど待たせていた。

「おなか空《す》いた。帰ろうよ」

　沙南が腕を引いた。夕方四時、夕食の準備を始めなければならない時間だとわかっていたが、私の足は根が生《は》えたように動かなかった。

どうしたの、と宏美が私の顔を覗《のぞ》き込んだ。

「パパが本好きなのはわかってるけど、こんなに時間をかけたことないでしょ？」

本っていうのはさ、と私は目を伏せたまま左右を見やった。

「何ていうのかな……偶然出会うものなんだ。通《つう》ぶってるわけじゃない。読みたい本が見つからなくて……」

もう一時間よ、と宏美が腕時計を突き付けた。

「それだけ探してないってことは、この店にパパの読みたい本はないの。たまにはそんなこともあるって。そろそろ帰らないと、晩ごはんの支度《したく》が遅くなっちゃう」

未練がましく、私は書棚を見回した。特に探している本があったわけではない。ただ、この場を離れたくなかった。

言っても始まらないと思ったのか、沙南が強引に私の腕を取って店のエントランスへ向かった。四月に小学校に入学したばかりだが、意外に力は強く、そのまま店を出ることになった。

どうしちゃったんだか、と宏美が駐車場に向かいながらため息をついた。

「いつもより早く、無理やり本屋にあたしたちを引っ張って……約束でもあるのかって思ったわよ。そうじゃないんでしょ？　ドリームブックスに行くのは毎週のことだけど、特に時間を決めてるわけじゃないのに……」

おっしゃる通りですとうなずいて、軽自動車のドアロックをリモコンで解除した。宏美と沙南が後部座席に並んで座り、私は運転席に乗り込んだ。

「早く帰ろう」

歌うように沙南が言った。エンジンをかけながら、もう一度周りに目をやった。何もない日曜日の夕方だった。

2

月曜日、いつものように出社した。入館ゲートを抜ける時、何となく首を巡《めぐ》らせたが、数人の社員がいただけだった。

エレベーターで二階へ上がり、すれ違う社員たちと挨拶《あいさつ》を交《か》わしながら、自分のデスクに座った。定時の九時半より十分ほど早かったが、おはようございますと立ち上がったのは織田真里だった。

早いな、と私はデスクのパソコンを立ち上げた。

「おはよう。金曜は悪かったね」

先週の金曜、三課に新しく配属された二人の社員のために歓迎会を開いたが、一次会、二次会どころか、終電をとっくに過ぎた午前二時まで飲み、全員がタクシーで帰ることになった。引き留めたのは私だ。

立ち上がった真里が、フロアにあるコーヒーメーカーから紙コップに注《つ》いだコーヒーを私の前に置いた。

「悪いなんて、そんなことありません。楽しかったです」

それならいいんだけど、とうなずいた私に、帰りのタクシーで由木さんに聞きましたと真里が言った。

「あたしと加瀬さんが三課に配属されたのが、課長は嬉《うれ》しかったみたいって……課で飲みに行くことはたまにあるそうですけど、こんなに遅くなったのは初めてだとも言ってました」

世の中、どこの会社でも経費の締《し》め付けが厳しくなっている。リリーBS社も例外ではない。

ただ、酒造メーカーの営業マンは、どうしてもタクシーで深夜帰宅せざるを得ない場合がある。仕事の性質上仕方ない話で、会社もその辺りは厳しいことを言わない。

とはいえ、課の飲み会となれば話は別だ。職場の和は重要だが、社会通念で言えばプライベートの範疇《はんちゅう》になる。

バブル期ならともかく、飲み会の費用や帰りのタクシー代を経費で落とせる会社は、現在の日本にほとんど存在しないだろう。

もちろん、課長である私がハンコをつけば、ある程度はどうにでもなるし、伝票も通る。

だが、私が三課長になってから、課の飲み会でタクシーでの帰宅を認めたことは一度もなかった。

こういう業界だからこそ、公私混同は許されない、と常々課員たちにも言っていた。先週の金曜は、私の中にある〝三課ルール〟違反だったが、やってしまったものは仕方ない。

黙っててくれよと片手で拝《おが》むようにして、私は紙コップに口をつけた。

「つまり……立場は少し違うかもしれないけど、君も加瀬も不慣れな部署に異動してきた。いろんな意味で不安だろう。ぼくとしては歓迎の意を表わしたかったというか、それであそこまで引っ張ってしまった。君たちにとっては迷惑だったかもしれないし、早く帰りたいぐらいに思ってたかもしれないけど――」

そんなことありません、と真里が真顔で首を振った。

「とても嬉しかったです。希望して営業に来ましたけど、実際のところは何もわかっていない部署ですから、やっぱり不安もあって……でも、課長のおかげでそんなの吹き飛んじゃいました。門倉課長って、優しい人なんだなって……」

そんな大袈裟《おおげさ》な話じゃないよ、と私は手を振った。

「単純にぼくが飲みたくて、みんなを付き合わせた。そういうことなんだ。あんなことはもうないから、安心していい。織田さんのことは渚に任せてるから、わからないことがあったら聞けばいいよ。コーヒー、ありがとう」

真里が立っていたのは私のすぐ横で、秘書というかＳＰのようだった。たまに他人との距離感が近過ぎる者がいるが、真里もそういうタイプなのだろう。

おはようございます、とほとんど聞き取れない声がして、永島さんが私の左前のデスクに音もなく座った。

理水と渚が前後してフロアに現われた五分後、すいませんすいませんと小峠が駆け込んできた。

加瀬はどうした、と右前でカバンを探っている小峠に小声で尋ねると、来てないんですか、と大声で言った。本当にデリカシーのない男だ。

「月曜は朝会もあるし、九時半に来なきゃダメだぞって言ったんですけどね。あれじゃないですか、商社マン気分が抜けてないとか。安河商事では殿様商売だったかもしれないですけど、うちじゃそうはいきませんよ。任せてください、ガツンと一発言ってやりますから」

他人のことは言えないだろう、と私は首を振った。

「今、何時何分かわかってるのか？　細かいことは言いたくないが、九時三十八分だぞ。

それぐらい構わないでしょ、みたいな顔をしているけど、月曜だけはきちんと定時に出社しろよ。いつも言ってるだろ？」

それはすいません、と小峠が両手を合わせて頭を下げた。

「でもですね、加瀬が遅刻してるのは自分の責任じゃないですよ。教育係を任されてますけど、母親じゃないんだから、朝ですよ起きなさいってわけにもいかないじゃないですか」

あの、と私と小峠の様子を見ていた真里が近づいてきた。

「伝えるのを忘れてました。加瀬さんから電話があって、病院へ寄ってから出社するということでした。たぶん、風邪《かぜ》だと思うんですけど……」

だらしない奴だ、と小峠が鼻から息を吐いた。

「風邪ひいたぐらいで病院だ？　酒でも飲んで、気合で治せっつうの」

朝から酒を飲ませてどうすると言いたいところを堪《こら》えて、加瀬は風邪なのかと真里に目を向けると、はっきりとは聞いていません、と顔を伏せた。風邪とは限らないだろう、と私は腰を浮かせた。

「何かもっと重い病気とか、怪我《けが》ってこともあり得る。どうして詳しく聞いておかなかったんだ。どこの病院だ？　何があった？　織田、他に何か聞いてないのか」

電車の中だったみたいで、よく聞き取れませんでしたと真里が言った。

「昼までには出社できそうですとか、そんなふうに言ってました。あと、朝会があるのにすみません……」

そこはきちんと聞いておくべきだろうと言った私に、そうですかね、と永島さんが大儀そうに口を開いた。

「金曜は元気に仕事をしてましたよ。風邪か何か知りませんが、若いんだし、騒ぐようなことじゃないでしょう。詳しく報告しなきゃいかんってことはないと思いますが。織田さんだって、細かいことは聞けんでしょう」

中腰になっていた私は、そのままゆっくり椅子《いす》に座り直した。小峠も理水も渚も、そうですよというようにうなずいている。永島さんの言う通りだと、私もわかっていた。

「いや、つまり……ほら、インフルエンザとかだと困るじゃないか。よく知らないけど、潜伏期間があるわけだろ？　ということは、もしかしたら金曜の時点で加瀬がインフルエンザにかかっていた可能性もあるわけだし、そうなると三課のみんなも――」

七月に入ったばかりですよ、と呆《あき》れたように理水が言った。

「インフルエンザの流行は冬です。年々早くなる傾向があるみたいですけど、せいぜい秋でしょう。どうしたんです、課長。何をそんなに慌《あわ》ててるんですか？」

慌ててなんかいない、と私は足を組み替えた。

「ぼくは課長なんだ。課員の体調管理も、ぼくの仕事だよ。最近はやたらと総務や組合もうるさいし……あれだよ、働き方改革だ。ぼくは課員の健康管理について考えなきゃならない立場で――」

何でもいいですから、さっさと朝会を始めましょうよ、と小峠が自分のスマホに目をやった。

「十時半に出なきゃならないんです。やっと取った地道屋《じみちや》のオーナーとのアポですからね。遅れたらまずいんですよ」

地道屋というのは、最近出店数を大きく増やしている焼き鳥屋チェーン店のことだ。有楽町《ゆうらくちょう》の一号店が好調で、その後三年のうちに近隣四区に十店の直営店を開店させたが、去年から都下を中心にフランチャイズ展開を始め、既《すで》に五十店舗に達していた。

オーナーの奥さんがウェーブビール社と関係が深いと聞いて、指をくわえて見ているしかなかったが、それはウェーブビール社が意図的に流していた偽《にせ》の情報とわかり、小峠がどこかの週刊誌の記者のように、あるいはストーカーのようにオーナーに張り付き、根性と土下座だけでアポを取ってきた、と先週報告があった。

五十店舗を傘下《さんか》に持つ地道屋が、全店でリリービールを扱うことになれば、その売上は大きい。チャンスを逃す手はなかった。

「よし、朝会を始めよう」資料を抱えて、私は立ち上がった。「まだ十時前だ。三十分で終わらせる」

課員たちが会議室へ向かった。一週間の始まりだとうなずいて、私はその後に続いた。

3

朝会といっても、特別なことがあるわけではない。どこの会社でもそうであるように、オフィシャルな連絡はそれぞれのパソコンにメールで送られてくるし、部としての予算会議や販売戦略会議は、別にその場が設けられている。

朝会は課員たちの仕事の進捗《しんちょく》状況の確認、そして取引先や他のビール会社の動向など、全員が共有しておくべき情報を伝え合うための場であり、また、他の課の動きについて話が出ることも多かった。

営業二部には八つの課があるが、お互いを敵視するような関係ではないにしても、何らかの競争意識は確実にあった。

悪い意味ではなく、八つの課は互いにライバルだ。その方が健全だと私は思っていた。

今日の朝会で、特に大きなトピックはなかった。二週間前にボーナスが支給され、会社全体としては前年度比二・五パーセント売上がアップしたと決算報告があったばかりで、それなりに落ち着いていたためかもしれない。

課員たちの仕事の進捗状況の確認を終えたのは、ちょうど十時半だった。時計と睨《にら》めっこをしていた小峠が、地道屋さんに行ってきますと会議室から飛び出し、私たちもそれぞれのデスクに戻った。

その後、私は社内の打ち合わせに顔を出したり、藤堂部長に呼ばれて直近の報告をするなど、しばらくの間フロア内を動き回っていた。

落ち着いたのは十一時半過ぎで、デスクに戻ると渚と真里しか残っていなかった。永島さんと理水はそれぞれ外回りに出ていた。

渚は腰が重い、と私はため息をついた。いつもそうだが、パソコンに向き合い、キーボードを叩《たた》いているだけだ。

渚に限ったことではない。若い営業マンに、メールのやり取りだけで仕事をする者が増えているのは事実だった。

ひと昔前まで、そんな営業マンは存在自体許されなかった。私の若い頃もそうだったが、社内にいるというだけで怒鳴《どな》られたものだ。

理不尽《りふじん》ではあるが、精神論的に言うと、その理屈は間違っていないと思っている。新入社員の頃、営業とは人と会うところから始まると教わったが、実際その通りだろう。

もちろん、意味不明の命令も数多くあった。誰でもいいから会ってこいと無茶を言う上司もいたし、中には名刺百本ノックと称して、百枚の名刺を配り終えるまで帰社を許さず、という極端な人もいた。

下手《へた》な鉄砲も数撃ちゃ当たるという論理だが、たまにまぐれ当たりもあるので、考えるより動け、という理屈にはそれなりに正しいところがないわけでもない。

だが、最近の若手営業マンは無駄を嫌う。効率の悪いことはしたくない、というのが彼らの共通認識だ。確かに、メールや電話のやり取りだけでも、それなりの結果を出していた。

かつて存在していた牧歌的時代は終わり、ただ会ってだらだら世間話をして、その繰返しというような営業スタイルは、過去の遺物になったようだ。とはいえ、若手営業マンたちが突出した成果を出すことがめったにないのも事実だ。

長年リリーBS社と付き合っている店とは、メールだけでも関係性を継続できるが、新規店となるとそうもいかない。紹介でも飛び込みでもいいが、一度顔を合わせて話をしなければ、ビジネスは始まらない。

彼らのフットワークは重く、何だかんだ理由をつけて、訪店を先延ばしするのが常だった。もうちょっとどうにかならないものかと、日頃から思っていた。

一年かけて、営業という仕事の基本を教え、最近では自分から飛び込み営業もするようになっていたが、また前のようにメール営業しかしなくなったのだろうか。

だが、それは私の勘違《かんちが》いで、渚がパソコンに向き合っているのは、真里に営業の初歩を教えるためだった。

取引先の会社名、キーパーソン、その性格や趣味嗜好《しこう》など、細かい情報を伝えておくことは重要だから、教育係として当然の仕事だ。

渚と真里のことはいい、と自分のデスクから右斜め前二番目の空《あ》いている席に目を向けた。この三十分、何度同じことを繰り返しただろう。意味がないのはわかっていたが、どうしても止められなかった。

先週の木曜、課内の席替えをした。約半年の間、本来なら六名いるはずの課員が四名に減っていたが、空席があると見栄《みば》えが悪いという藤堂部長の意向もあり、私の左斜め前に永島さん、理水、右斜め前に小峠と渚を並ばせる席順にしていた。

課はひとつの島であり、二つ席が空いていると何となく落ち着かないのは確かで、それはそれでいいのだが、新しく二人の社員の配属が決まると、今度はかえって不便になった。

加瀬と真里が、それぞれの教育係を務める小峠と渚の隣にいた方が、何かと都合がいいのは考えるまでもないだろう。

席替えを行なったのはそのためで、私の右斜め前に小峠、加瀬、理水、左斜め前は永島さん、渚、真里と並びを変えた。

他の課では年次や経験で席順を決める課長もいたが、私としては合理性を重視したつもりだった。

永島さんや小峠も賛成している。加瀬も真里も、わからないことがあれば聞きやすくなったはずだ。

今、六つある席のうち、四つが空いている。営業マンは外回りが基本だから、いつもそんなものだが、加瀬がいないことが気になって仕方なかった。

病院へ行ったと真里から聞いていたし、体調を崩《くず》すことは誰でもあるだろう。本人が電話をしてきたのだから、心配することはない。

昼前には出社するというし、風邪か、腹でも下したか、そんなところではないか。まったく最近の若い奴は、とつぶやきが漏《も》れた。

採用に当たり、加瀬は会社の健康診断を受けている。重大な疾患《しっかん》を抱えている者を採《と》るはずがない。だから、気にする必要はない。

わかっていたが、自分の意思と関係なく、気づけば加瀬の席に視線を向けていた。いったいどうしたのか。病名は何なのか。

理水はあり得ないと断言したが、彼女は医者ではない。季節外《はず》れのインフルエンザにかかったのかもしれない。

いや、それならそれでいい。感染力こそあるが、インフルエンザは治る病気だ。治療を受け、一週間でも十日でも安静にしていれば、それで病状は治まる。子供や老人ならともかく、大人にとってそれほど危険な病気とは言えない。

腕時計に目をやり、壁の時計を睨み、スマホの画面を見つめた。

十一時三十八分。まだ加瀬は来ていない。

朝会を終えてから今までの一時間の間に、私は登録していた加瀬の携帯番号を四回表示させていた。今、どこにいるのか。何をしているのか。病気なのか怪我なのか、はっきりしたことを知りたかった。

私にも理屈がある。加瀬にはまだ社内に親しい者がいない。中途採用されたばかりなのだから、当たり前の話だ。

そして、彼の立場は不安定だった。入社して三週間かそこらの男が体調を崩すとは何事か、と訳のわからないことを言い出す者がいるかもしれない。役員や部長あたりが、そんなことを真っ先に言いそうだ。

「たるんでる」

「緊張感が足りない」

「仕事をなめてるのか」

人間なのだから、体調を崩すことはある。入社早々というのはタイミングが悪いが、それだって加瀬の責任ではないだろう。

私はそう思っているが、何でもねじ曲げて考える者は、どこにでもいる。加瀬が誹謗《ひぼう》中傷《ちゅうしょう》を受けたら、止めることができるのは私しかいない。課長として、私には加瀬を守る義務がある。

そのためにも電話をかけて、直接状況を確かめるべきだと思ったが、それはそれでどうなのか。

門倉、待て。落ち着け。本人は昼前に出社すると言ったという。それまでは待つべきだ。それが社会人としての常識だろう。

この一年を振り返っても、三課の課員が病気で休んだことは何度かあった。去年の冬、渚が風邪をこじらせて一週間休んだが、あの時、私は彼に電話をしただろうか。連絡を取ったか。

調子はどうだ、いつ出社できる、そんなふうに聞いたことがあったかと言えば、一度もなかった。他の課員が休んだ時もそうだ。

言い訳に聞こえるかもしれないが、心配はしていた。休んでいた者から連絡があり、明日から出社するつもりですと言われた時、無理しなくていいと言ったこともある。

大丈夫なのか、病院には行っているのか、食事は摂《と》っているのか、そんなふうに聞いたこともあった。だが、私の方から連絡を取ったことは一度もなかった。

当然といえば当然で、彼ら彼女らは子供ではない。それなりに社会人としての経験もある立派な大人だ。

風邪をひいたと聞いて、心配で電話してみたんだという上司がいたとしたら、それはある意味ホラー映画より怖い。〝こんな上司は嫌だ大喜利《おおぎり》〟のお題になりそうですらある。

もっと症状の重い病気であったり、交通事故による大怪我など、緊急の事態なら別だが、そうでなければ周りがどうこう言うべきではない。本人の自覚と判断に任せるのが、上司としての正しい姿勢だろう。

だから、加瀬に電話をかけることはできなかった。現代社会においては、上司であっても部下のプライベートに踏み込む権利はない。そのはずだ。

いや待て、ともう一度スマホで加瀬の番号を表示させた。これで五回目だ。

電話をするべきではないか。なぜなら、私は加瀬が病院へ行った理由を、正確に聞いていない。

昼前に出社しますというのは、単純な風邪や軽い病気をイメージさせる言葉だが、そうとも言い切れない。もっと重い病気なのかもしれない。

加瀬という男のことを知ったのは、僅《わず》か三週間前だ。まだそれほど深く接したわけではないが、責任感の強い男だという印象があった。

入社してすぐ体調を崩すというのは、聞こえも悪い。実際には症状が重いのに、無理して出社すると言ったのかもしれない。

それは本人にとっても会社にとっても、いいことではないだろう。病気は不可抗力だ。誰だって、かかる時はかかる。

無理することに意味はない。それを伝えるのが、上司としての義務ではないのか。待て待て、とまたスマホを伏せてデスクに置いた。まるでコントだが、そうするために信じられないほどの意志の力が必要だった。

私から電話をかけると、何かに負けるような気がした。何に、と言われると困るが、とにかくそう思えてならなかった。

(とにかく十二時まで待とう)

腕を組み、壁の時計に目をやった。驚くべきことだが、これだけさまざまなことを考えていたにもかかわらず、二分しか経《た》っていなかった。まだ十一時四十分だ。

顔を伏せたまま、右斜め前に視線だけを向けた。加瀬の席は空いたままだ。

このまま待っているしかないのか、門倉。何もしないでいいのか。

左右を見渡したが、他の課の課長たちは全員席にいなかった。珍しいことではなく、課長は営業という戦場の指揮官だから、自ら最前線に出ることも少なくない。外出していても、何ら不思議ではなかった。

それにしたって、全員ってことはないんじゃないか、と私は頭を抱えた。課長でなくても構わない。相談する相手はいないかと目で探したが、誰もいなかった。

「門倉くん、何をぶつぶつ言ってるんだ」

気味が悪いな、という声と同時に、肩に手が置かれた。背後にいたのは藤堂部長だった。

「何なんだ、違うとかそうじゃないとか、そうあるべきだとか……誰と話してるのかと思ったぞ」

ちょっと考え事を、と私は咳払《せきばら》いをした。

「三課の増員が決まり、態勢が整ったわけですから、今後の方針について思うところもあり……」

そりゃあるだろう、と部長が手のひらで私の肩を撫《な》でるようにした。はっきり言うが、気色悪かった。

「去年、三課は営業二部で売上が最も低かったが、状況的にやむを得ないところもあった。七人のうち二人が半年以上稼働していなかったわけだしな。担当エリアも違うから、単純に比較してほしくないというのもわからんじゃない。会社としても、そこは理解している」

ご配慮ありがとうございますと頭を下げながら、さりげなく部長の手を外した。この人にはスキンシップの癖《くせ》があり、それを人心掌握術《じんしんしょうあくじゅつ》だと思っている節《ふし》があるが、実際にはスキンシップの域を超えてボディタッチになっているので、去年、女性社員から正式に抗議があったほどだ。

もちろん、各課の業績を売上だけで比べるつもりはない、と部長がうなずいた。

「とはいえ、今年度の目標予算は決まっている。君も予算計画案を提出しているが、各課にはノルマがある。目標であって、達成義務はないと言う者もいるが、わたしはそういう考え方が嫌いでね。君が提示した数字は、会社も了解している。つまり、あれは黙契《もっけい》だな。約束は守らなければならん。子供だってわかる話だ」

予算計画案は私が作成したが、無条件で了承されたわけではない。何度かの会社との折衝《せっしょう》を経て、最終的に想定していた数字の二割増しというところで了解を取っていた。会社の意向の方が強かったのは、言うまでもない。

黙契という言葉の使い方を、部長は間違えているのだが、それを言ったら角が立つ。サラリーマンの辛《つら》いところだ。

期待しているんだよ、とまた部長が私の肩に触れた。昔の政治家のようだ。

「三課は課員のバランスが取れてる。営業はやはりバランスだからな。今期は頼むよ、門倉くん。二人補充しても成果が上がらなかったら、わたしの責任になるからね。去年の分も取り返すつもりで――」

突然、部長の声が聞こえなくなった。錯覚《さっかく》でも思い込みでもない。鳴っている電話の音、社員たちの会話、キーボードを叩く音、空調音、すべてが無になった。

加瀬が足早に近づいていた。舞台上でスポットライトを浴びている役者のようだ。加瀬以外、何も目に入らなくなっていた。

「すみません、遅刻しました」

デスクの前で、加瀬が頭を下げた。体調はどうなんだ、と私は無理やり言葉を口から押し出した。

アクセントも何もない棒読みだ。文字で表わすなら、タイチョウハドウナンダということになる。

不意に、視覚と聴覚が元に戻った。社員たちが話す声、電話やメールの着信音、窓から差し込む光。

周囲のデスク、そして背後に立っている藤堂部長。フロアに入ってきた人事課長の東尾の姿も見えた。

まずい、と咄嗟《とっさ》に思った。入社三週間で遅刻というのは、加瀬のイメージを悪くさせる。東尾が来たのも、そのためだろう。

風邪で病院に行っていたという理由も、印象として良いとは言えない。部長の年齢なら、気の緩《ゆる》みだと怒鳴りつけてもおかしくなかった。

約二秒でそこまで考え、最善と思われる対処法を行動に移した。

「いったいどうしたんだ！」

大声で加瀬を怒鳴りつけた。厳しく叱責《しっせき》し、加瀬が反省すれば、遅刻の件はこの場限りのものになる。加瀬を守りたいという思いが、私の声を高く、大きくしていた。

体調を崩したと彼女から聞いた、と私は真里を指さした。

「それは仕方ないと言う者もいるかもしれないが、自分の立場をわかってるのか？　新しい会社に転職したんだ。もっと気を引きしめろ！」

はい、と加瀬がまばたきを繰り返した。何が起きているのか、わかっていないのだろう。

こんなことは言いたくないが、と私はデスクを叩いた。

「うちは安河商事と違う。毎日が戦いなんだ。風邪をひいたので病院に行きますというようじゃ、話にならない。病状なり何なり、もっと詳しく伝えるべきだろう」

そこはいいんじゃないのか、と藤堂部長が慌てたように言った。

「誰だって、風邪ぐらいひくさ。詳しく説明しろと言われても、加瀬くんだって言いようがないだろう」

よし、と私はデスクの下で手を握った。部長が加瀬に同情するように、わざと厳しいことを言ったのだから、狙《ねら》い通りの展開だ。

真里に目をやった加瀬が、説明不足ですみませんでしたと頭を下げた。

「課長のおっしゃる通りです。サラリーマンの基本は報告連絡相談、『ほうれんそう』ですよね。申し訳ありま――」

加瀬くん、と東尾が声をかけた。うるさい、東尾。今はお前の出番じゃない。黙ってろ。

「ついさっき、病院から連絡があった。よくやったな、本人も感謝していたよ」

戸惑《とまど》ったように加瀬が首を傾《かし》げた。気づくと、私も同じポーズを取っていた。東尾、何の話だ？

「聞いてないのか、門倉。今朝、通勤電車の中で倒れたお年寄りを、加瀬が――」

それは、と言いかけた加瀬を、部長が止めた。いいじゃないか、と東尾が話を続けた。

「狭心症《きょうしんしょう》の発作を起こしたお年寄りがいたんだ。それに気づいた加瀬が駅員に通報し、次の駅で降ろすのを手伝い、救急車で搬送されたお年寄りに付き添った。立派なもんだ。なかなかできることじゃないよ」

本当かと尋ねた私に、どうしてぼくのことがわかったんだろう、と加瀬が首を逆方向に捻《ひね》った。

「名前も何も言わなかったんですけど……」

これだよ、と東尾が首から下げていた自分の社員証を指した。

「救急隊員か病院の医師か誰かが、君の社員証を見ていたんだ。君に命を救われたことは、お年寄りも知っている。感謝していると伝えてほしいと、ついさっき総務に電話がかかってきたんだ」

感謝されるようなことじゃありません、と加瀬が首を振った。

「誰だってあの場にいたら、同じことをしたでしょう。顔が真《ま》っ青《さお》で、呼びかけても返事はないし……救急車に乗せたんですが、ぼくの手を離してくれなくて、それで一緒に病院へ行くことになっただけなんです」

申し訳ありませんでした、と加瀬が部長、私、東尾の順で頭を下げた。

「理由が何であれ、出社が遅れたのはぼくの責任です。言い訳はありません」

門倉くん、と部長が私の背中を思いきり強く叩いた。

「いい部下を持ったな。今時、見も知らぬお年寄りが倒れたからって、誰がそこまでする？　こんな世の中だ、みんな見て見ぬふりだよ。嫌な時代になったもんだ……だが、加瀬くんは違う。人命を救ったんだ。安河商事に勤めていただけのことはある。いや、たいしたもんだ」

そんなつもりじゃありません、と加瀬が真顔で言った。

「成り行きでそうなっただけで、あの人を救おうとか、そんなことを考えていたわけじゃないんです。ただ、本当に苦しそうだったので、そばにいた方がいいと思って……もっと早く出社しようと思ったんですが、すみませんでした。特に、課長にはご心配をおかけしました。申し訳ありません」

いい話だ、としきりにうなずいていた部長が、飯は食ったのかと唐突に尋ねた。まだですと答えた加瀬に、それならわたしがランチをおごろうと肩に手を置いた。

シブチンで有名な部長の口から、〝おごる〟という発言が飛び出したことに、私と東尾は思わず顔を見合わせた。七月の初めだが、雪が降るかもしれない。

「もう昼時だ。門倉くん、別にいいだろ？　加瀬くんは人命を救ったんだぞ。寿司でいいか？　一緒に来たまえ」

肘《ひじ》を摑《つか》まれた加瀬が、何度も頭を下げながら、引きずられるようにしてフロアを後にした。信じられないとつぶやいた東尾を放っておいて、私は会議室へ向かった。

誰もいないのを確認して、ドアに鍵《すぎ》をかけ、素早く上着を脱いだ。それを丸めて口に当て、思いきり叫んだ。

「こんなはずじゃなかったのに！」

部長が加瀬にかけた言葉は、本来私が言うはずだった。それなのに、どうして叱責してしまったのか。

加瀬のためだ。理由が何であれ、今の加瀬が遅刻するというのはまずい。

体の弱い営業マンというイメージがつけば、評価が下がる。藤堂部長はそういうことにうるさい人だ。

だから、私が叱らなければならなかった。

私が怒れば、部長がなだめ役に回らざるを得ない。加瀬へのネガティブな感情を打ち消すつもりだった。

だが、結果はどうだったか。加瀬が病院へ行ったのは、病気になったからではなく、見ず知らずのお年寄りを救うためだった。

だから、ケチで有名な藤堂部長がランチをおごるという驚天動地《きょうてんどうち》の発言をするに至ったのだ。

何度か深呼吸して、心を落ち着かせた。真里は加瀬が体調を崩して病院へ行ったと私に伝えていた。聞き間違えたのだろうが、それさえなければ、こんなことにならなかったのに。出社した加瀬を誉《ほ》め称《たた》え、ランチをおごることもできたはずなのに。

会議室のドアを開け、通路に出た時、くそ、と小声で言った私の横を若い男性社員が逃げるように通り過ぎていった。

そんな目で見るなよ、バカ。

4

その日の仕事を終え、会社を出たのは七時半だった。そのまま西銀座二丁目にある行きつけのバー、ブラインドタイガーへと足を向けた。

ビール販売会社の営業マンは、夜の営業をすることもあるが、毎日というわけではない。いくら好きでも、毎晩ビールばかり飲んでいたら飽《あ》きることもある。

たまには仕事と関係なく、軽く一杯やって帰りたいという時もあった。今日がまさにそんな日で、昔流に言えば〝キックの強い〟酒を飲みたかった。

アルコールは好きだが、ないと耐えられないというわけではない。土日は休肝日《きゅうかんび》にしているし、晩酌《ばんしゃく》の習慣もない。それでも、今夜は酔いたかった。

ブラインドタイガーは七、八年前にできた店で、教えてくれたのは東尾だった。カウンター席が八つ、個室がひとつだけの小さな店だ。

雰囲気は銀座の伝統的なバーというより、イギリスのパブに近い。流れている曲は四〇年代、五〇年代のミュージカル映画のサウンドトラックだった。

十分ほど歩いて、スイング式のドアを押し開けると、若いバーテンが目を伏せたまま、こんばんはと低い声で言った。新田《にった》という名字しか知らないが、雇《やと》われているのではなく、オーナーらしいと東尾から聞いていた。

三十代半《なか》ばに見えるが、そうだとすれば開店した時は二十代後半だったことになる。ずいぶん若いオーナーだが、その辺りの詳しい事情を聞いたことはなかった。

いいかなと声をかけると、どうぞとグラスを拭《ふ》きながら新田がスツールを指した。他に客がいなかったので、中央の席に腰を下ろし、マッカランのロックを頼むと、すぐに琥珀《こはく》色《いろ》の液体が注がれたグラスが目の前に置かれた。

「これは何の曲？」

静かなストリングスの音色が店内に流れていた。『バンド・ワゴン』〝ダンシング・イン・ザ・ダーク〟とだけ答えた新田が、口を閉じてグラスを磨《みが》き始めた。

最初が映画のタイトル、後が曲名だとわかったが、聞いたことはなかった。新田が趣味の世界に生きているのは、店に一歩入れば誰にでもわかるだろう。

新田の長所は無口なところだ。ただ黙って客の話に相槌《あいづち》を打つだけで、自分から何か言うことはめったにない。

一杯目のマッカランを飲み終え、二杯目を頼んでから、カウンターに肘をついて今日のことをじっくり考えてみた。何もかもが失敗だった、という後悔の念が私の中にあった。

そもそも、加瀬を叱《しか》りたくはなかった。性格的にも、厳しいことが言えるタイプではない。それなのに、今日に限って加瀬を叱ることになってしまった。

加瀬も加瀬だ、という思いもあった。私に状況を直接話してくれてさえいれば、叱るどころかよくやったと称賛しただろう。

どうして加瀬は私に連絡しなかったのか。私の携帯番号も知っているのに、私を信じていなかったのか。加瀬、それは冷たくないか？

違う、と首を振った。お年寄りの命を救ったことを、加瀬は言いたくなかったのだろう。

当たり前のことをしただけで、自慢するような話ではない。そう思っていたに違いない。

風邪をひいて病院に行ったので遅刻しましたと頭を下げれば、今後気をつけろと私が軽く説教するだけで話は終わる。加瀬としては、その方が気分的に楽だったのだろう。気持ちはわからなくもないが、私にだけは本当のことを言ってくれても良かったんじゃないか？

私だって大人だ。聞かなかったふりぐらいできる。何事もなかったことにすれば、すべて丸く収まったのに。

「織田がなあ」

私の口からつぶやきが漏れた。加瀬の様子から察すると、倒れたお年寄りのために病院へ行くと真里に伝えていたようだ。

地下鉄の構内からか、病院からか、いずれにしても聞き取りにくかったのだろう。それでも、真里が正確な情報を伝えてくれていれば、あんなことにはならなかった。

東尾が営業部のフロアに来たタイミングも最悪だった、と新田が置いたマッカランとチェイサーを交互に飲みながら目をつぶった。

東尾よ、あの時じゃなくても良かっただろうに。

藤堂部長と東尾がフロアにいたことで、とにかく加瀬を守らなければならないと焦《あせ》った。反射的に、私が叱責するしかない、と思い込んでしまった。

不思議なもので、厳しく叱っている人間がいると、それが正当な叱責であっても、誰かが間に立つものだ。

私が加瀬を叱り飛ばせば、部長も東尾も、加瀬の遅刻を責めるより私を落ち着かせようとしたはずで、私としては意図的かつ戦略的に加瀬を叱ったつもりだった。

だが、すべてが裏目に出た。あれでは、まるで私が悪人のようではないか。嫌な上司ナンバーワンだ。

理由も聞かずに怒鳴り散らしているわからず屋。そんな上司は誰だって嫌だろう。

良かれと思ってしたことが、すべて悪い方へと連鎖《れんさ》することがある。今日がまさにそうだった。そんなつもりはなかったのに。何てついてないんだ。

二十分ほどで三杯のマッカランを飲み干し、深いため息をついて立ち上がった。今夜は帰った方がいい。これ以上飲むと、自分で自分を持て余しそうだった。

レジに回った新田が、気にすることはありませんよとぼそりとつぶやいた。一万円札を渡しながら、何のことだと尋ねると、加瀬くんという部下のことですと答えた。

「……どうして、加瀬のことを知ってる？」

何度も繰り返してましたから、と新田が囁《ささや》いた。

「ずいぶん……反省というか、悔《く》やんでましたけど、気にすることはないと思いますね」

「……なぜだ？」

門倉さんがかばおうとしたことを、加瀬くんはわかっています、と新田が無表情のまま言った。めったに喋《しゃべ》らない男だから、言葉に説得力があった。

「門倉さんは独り言《ひとりごと》のつもりだったのかもしれませんが、聞いていて何となく話の筋はわかりました。いい話じゃないですか。自己犠牲ってことですよね。言ってみれば騎士道精神というか……他人から見れば、門倉さんはドン・キホーテかもしれません。ドゥルシネア姫を守った、あのドン・キホーテです」

『ドン・キホーテ』はスペインの作家、セルバンテスが書いた小説の題名で、主人公の名前でもある。

騎士道物語ばかり読んでいるうちに、現実と虚構の区別がつかなくなり、従者のサンチョ・パンサを連れて冒険の旅に出ては、さまざまなトラブルを引き起こす男。それがドン・キホーテだ。

人間はハムレット型とドン・キホーテ型に大別《たいべつ》される、というツルゲーネフの箴言《しんげん》がある。考えるだけで行動に出ない内向的なハムレットと、何も考えず、無鉄砲な行動を繰り返すドン・キホーテ。

大ざっぱな分類だが、そうなのかもしれない。そして、ハムレットは悲劇的なキャラクターであり、ドン・キホーテはコミカルなキャラクターとされる。

新田は私をドン・キホーテのようだと言った。馬鹿にしているのかと言うと、違いますよ、と釣《つ》りを私の手のひらに載せた。

「結局、ハムレットには何もできません。何かを変えるのは、いつだってドン・キホーテなんです。きっと、加瀬くんも門倉さんに感謝していると思いますね」

そうかな、と首を傾げた私から離れた新田が、入ってきた客を席に案内するため、レジを出て行った。

新田、そうかな。そうか。そうかあ？

5

銀座駅まで歩き、渋谷まで帰りの電車に揺られながら、今日一日のことを振り返った。

馬鹿なことをしたという思いと、気にすることはありませんよ、という新田の声が頭の中で何度も交錯《こうさく》して、広がっては萎《しぼ》み、萎んでは広がっていった。

馬鹿なことをしたのは間違いない。理由も聞かずに加瀬を叱責したのはまずかった。まず話を聞くべきだった。

藤堂部長や東尾の存在が私を焦らせたのは事実だが、短慮にもほどがある。少しでも冷静であれば、あんなことにはならなかった。

新田は私をドン・キホーテと言ったが、実際は違う。私はハムレット型の典型で、いろいろ考えはするが、結局何もしない。

行動力と決断力に欠ける男、それが私だ。開き直って言えば、世の中の大半がそうであることも確かではあるのだが。

とはいえ、あの時、あの瞬間の私はドン・キホーテだったのかもしれない。後先考えず、ただ加瀬を守りたいという一心で動いた。

馬鹿げたことであっても、自分のためではなかった。私は加瀬を守りたかった。傷つけたくなかった。それだけだ。

いや、少し違う。吊《つ》り革《かわ》に摑まりながら、頭を振った。

私の中にざらついた気持ちがあったのは、認めざるを得ない。今日に始まったことではなく、歓迎会の時、ドリームブックスで『銀の匙』を取っていったのが加瀬だと気づいた時から、常に心のどこかが苛《いら》ついていた。

仕事だけではない。プライベートでもそうだ。

一昨日《おととい》の土曜日の夕方、私は一人でドリームブックスに行った。本屋に行くと宏美には言っていたし、嘘《うそ》ではない。

実際にドリームブックスへ行き、店内を一時間ほど歩き回り、そのまま帰った。何も本は買わなかった。

翌日の日曜日、いつものように宏美と沙南と三人でドリームブックスへ行ったのも、午後四時だった。

日曜の夕方、ドリームブックスで時間を過ごすのは毎週のことだが、特に時間を決めていたわけではない。

どうして四時という時間にこだわったのか。答えは簡単だ。三週間前、加瀬がドリームブックスにいたのが四時頃だったからだ。

三課に配属が決まった時、加瀬は現況届を提出していた。その時は特に注意して見ていなかったが、改めて確認すると、現住所は文京区小石川、緊急連絡先は東京都杉並区になっていた。

常識的に考えれば、それは実家が杉並区にあることを指している。文京区で一人暮らしをしている加瀬は、土日のいずれかに実家へ帰っているのだろう。だから、彼はあの時ドリームブックスにいたのだ。

人間には誰でも習慣がある。例えば夕食の時間、入浴の時間、就寝時間。

土日は家族三人で夕食のテーブルを囲むのが、門倉家の習慣だ。その時間は六時半と決まっている。

私や宏美、沙南、誰が決めたということではなく、何となく、いつの間にかそういうことになった。そして、その時間は私たち三人の中に習慣として刷《す》り込まれていた。

別に六時半でなくても構わない。六時でも七時でも、何なら五時でも八時でもいい。だが、それが習慣というものだろう。

一度決めてしまうと、それを変えるのは難しい。人間の行動は習慣に縛られている部分が大きい。それは誰でも知っている。

『銀の匙』を加瀬が書棚から取っていったのは、四時過ぎだった。読書が趣味だと言っていたが、『銀の匙』だけを目当てにドリームブックスへ行ったはずがない。

今時、そんな人間は絶対にいないと断言できる。中勘助は村上春樹《むらかみはるき》ではないのだ。

その証拠に、彼は他にも数冊の本を抱えていた。読むべき小説を探していて、その流れで『銀の匙』を見つけた、というのが正しい解釈だろう。

私の想像では、実家を訪れた際、ドリームブックスへ行く習慣が加瀬にはある。その時間は夕方、四時前後。

加瀬の休日の行動は、ある程度推測できた。実家に帰った時、彼は両親と夕食を共にする。常識的に考えれば、その時間は六時から七時前後だろう。

その前にドリームブックスへ寄って、読みたい本を探し、ＤＶＤをレンタルしているのではないか。だとすれば、土日のどちらか、夕方四時前後に彼はドリームブックスに現われるはずだ。

だから、私は四時という時間にあの店にいなければならなかった。

空いていた左手で、額《ひたい》を押さえた。門倉、いったい何を考えている？

私の論理には、いくらでも穴があった。現況届に記載されているから、加瀬の実家が杉並区にあるのは間違いないが、毎週末実家に帰る二十八歳の男など、現代社会にいるだろうか。

一人暮らしをしている男は、実家、両親、家族と距離を取るのが普通だ。その辺りの事情は、今も昔も変わらない。

用事があれば行くが、なければ近寄らない。連絡も頻繁《ひんぱん》には取らない。二十代の男と実家の関係性はそんなものだ。

私自身、大学に入ってからはめったに実家に帰らなくなった。正月しか帰省しないこともあった。

変な言い方かもしれないが、その方が健全だろう。大学に入り、社会人になっても、ママと毎晩電話で話しているような男は、ちょっと気味が悪い。

六月半ばのあの日、加瀬が実家に帰っていたのは間違いない。用事があれば、誰だって実家に帰る。

だが、毎週というのは、私の勝手な思い込みに過ぎない。一ヵ月ぶりかもしれない、半年、一年ぶりだった可能性すらある。

安河商事を辞《や》めて、リリーBS社への転職が決まったから、その報告のために実家へ帰ったとも考えられる。そうだとすれば、習慣も何もない。

加瀬はたまたまあの日実家に帰っていて、たまたまドリームブックスに寄った。そしてたまたま私と遭遇した。それだけのことだったのではないか。

それが正しい答えだと、私は知っていた。気づいていた。わかっていた。

にもかかわらず、もしかしたらという藁《わら》にもすがる思いで、土日の二日間、夕方四時、ドリームブックスに行き、一時間以上そこにいた。加瀬が現われるかもしれないと考えたからだ。

ストーキングという単語が頭に浮かんだが、それは違う。どんなに頭の悪いストーカーでも、そんなことをするはずがない。あまりにも効率が悪過ぎる。

そもそも、加瀬が配属されてから、私は毎日会社で彼と会っている。ストーキングする必要はない。

それなのに、加瀬を待ち続けた。もしかしたら、百万分の一の偶然が起きるかもしれない、という淡《あわ》い期待があった。

リリーBS社において、私と加瀬の間には同じ課で働く課長と部下という関係性がある。だが、書店で偶然会えば、立場は関係なくなり、個人同士だ。

知らない間柄ではないから、声をかけるのは当たり前だし、こんなところで会うなんて奇遇だな、ということになる。

お茶でも飲まないかと誘っても不自然ではないし、時間があれば食事や飲みに行くこともできる。

もちろん、そんな奇跡のような偶然はほぼ一〇〇パーセント起こり得ない。それぐらい私だってわかってる。

そんな紙より薄い偶然に期待できるのは、子供だけだ。常識も世間知もなく、ただ純粋な思いだけがある子供。

子供なら、何の当ても保証もないのに、何時間でも町を歩き続け、次の角を曲がったら、ずっと探していた人が歩いてくるという奇跡を信じることができる。

だが、私は子供ではない。今年四十歳になる男を、世間は大人と呼ぶ。妻も子供もいる。小さな会社だが、課長というポジションもある。

いったい何をしているのか。なぜ加瀬にこだわっているのか。加瀬に何があるというのか。何のためにあんなことをしたのか。門倉、答えろ。

『ドゥルシネア姫を守った騎士、ドン・キホーテです』

新田の声が脳裏《のうり》を過《よぎ》った。ブラインドタイガーで、何を口走ったのか、それは覚えていないが、新田が私をドン・キホーテになぞらえたのは、そう思わせる何かがあったのだろう。

今日のことを思い返すと、藤堂部長は加瀬のことなど頭になかったはずだ。加瀬が遅刻しようが病欠しようが、部長にとってたいした問題ではない。

もし、加瀬はどうしたと聞かれても、適当にごまかすこともできた。その方が正しいのは、言うまでもない。

たかが遅刻だ。話をややこしくする必要などなかった。

幸い、加瀬の遅刻には〝正当な〟理由があったから、結果として周囲に好印象を与えることになったが、そうでなければ加瀬を守るどころか、立場を悪くした可能性もあった。

なぜ、あんなことになったのか。それは私が苛立っていたからだ。

土曜、日曜と加瀬を待ったが、会うことはできなかった。月曜になれば、加瀬と話すことができると思っていたが、彼は姿を現わさなかった。中途半端に、病院へ寄ってから出社するという伝言があっただけだ。

それが私の苛立ちの種だった。会えるはずだった人と会えなければ、誰でも落胆するだろう。

病院へ行ったというが、体調が悪いのか。何か持病でもあるのか。そんな不安と苛立ち、そして加瀬の立場を守りたいという焦りが渾然一体《こんぜんいったい》となって、私にあんな行動を取らせた。

門倉、それはいい。終わったことはいい。

そんなことより、なぜ私はあそこまで不安になり、焦り、苛立ったのか。

『ドゥルシネア姫を守るためです』

新田の声に、待ってくれと首を振った。私はドン・キホーテではない。妄想《もうそう》だけで風車に向かって突進するドン・キホーテとは正反対の男だ。

そして、加瀬もドゥルシネア姫ではない。当たり前だ。姫とは女性を指す。加瀬は男性で、姫になれるはずもない。

気がつくと、渋谷駅に着いていた。大勢の客が電車を降りていく。慌てて網棚からカバンを取り、ドアへ向かった。

6

富士見ヶ丘駅へは、渋谷で井の頭線に乗り換えるが、その前に駅ビルに入っている大きな書店に寄ることにした。

閉店まであと十分ほどだったが、店内にある書名検索機のおかげで、探していた本はすぐに見つかった。岩波文庫『ドン・キホーテ』全六巻。

大学生の頃、この大長編を読んだことがあった。その時の記憶を頼りに頁《ページ》をめくっていくと、ドゥルシネア姫に関する記述が見つかった。

『ドン・キホーテ』物語の中にあるのは、すべてドン・キホーテ・デ・ラ・マンチャという男の妄想だ。実際にはアロンソ・キハーノという田舎《いなか》の名士に過ぎず、騎士ですらない。

　そして、ドゥルシネアも姫ではなかった。ラ・マンチャ村の近くに住むアルドンサ・ロレンソという農家の娘を、ドン・キホーテが空想の中で姫と見なしているだけに過ぎない。

　ドン・キホーテはドゥルシネア姫を守るため、あらゆる無茶な冒険をする。彼の中で姫は誰よりも美しく、性格の優しい、優雅な貴婦人だからだ。それを世に知らしめることが、ドン・キホーテの行動原理のひとつでもあった。

　新田が言っていたのは、このことだろうか。ブラインドタイガーでは古いミュージカル映画のサウンドトラックを流しているが、それは新田がクラシックな映画を好んでいるためだ。

『ドン・キホーテ』の物語はさまざまな形で映画化され、『ラ・マンチャの男』という有名な舞台もある。

　新田はそのいずれかを見て、私と加瀬の関係がドン・キホーテとドゥルシネア姫に似ていると考えたのだろうが、それは違う。違うぞ、新田。

　うまく説明できないが、私だけが加瀬を理解できる、と確信していた。彼の人間としての美点を、会社に、あるいは他の人たちにも知ってほしい、認めてほしいという願いがあった。それだけだ。

『それって、ドン・キホーテと同じですよね。つまり、ドゥルシネア姫を守るためでしょう？』

違うと言ってるじゃないか。新田、ちゃんと聞いてくれ。

加瀬を守りたい、とは思っている。何から守りたいのか、明確ではないがぼんやりした答えはあった。私は加瀬の純粋さを、世間から守りたかったのだ。

では、純粋とは何か。世間とは何か。

それは説明できないが、私は加瀬の中に純粋な心があるのを知っていた。そして、それに対する世間の、社会の無反応を、あるいは敵意に似た感情についてもわかっていた。世間とは、社会とは、純粋さを嫌うものだ。

だから、私が彼を守らなければならない。そして、加瀬にも私のことを守ってほしい。

私の中にも、純粋な何かがある。私たちはお互いを誰よりも理解し合える。加瀬なら私を守れる。

加瀬に対して抱《いだ》いているのは純粋な好意で、それ以上の意味はない。彼は二十八歳の男性で、私たちの間に何があるわけでもない。

ただ、広くて狭《せま》いこの地球という星の上で、奇跡的に偶然出会った同じ魂《たましい》を持つ者同士というだけで――

馬鹿馬鹿しくなって、考えるのを止《や》めた。何の意味もない。今帰れば、まだ沙南が起きているかもしれない。

早く帰ろう、と出口に向かおうとした時、やっぱりという声がした。

「まさかと思ったんですけど、似てるなあって……どうしたんです、課長。本を探してたんですか？」

二冊の文庫本を手に立っていたのは加瀬だった。驚いたな、と私は平静を装《よそお》って言った。

「君こそどうしてここに？　本屋で会うとはね。しかも、こんな時間に」

時々寄るんです、と加瀬が左右に目をやった。

「ネット書店は便利ですけど、発見がないんで。ぼくはリアル書店の方が好きなんです」

昼に加瀬を叱責していたが、気まずそうな様子はなかった。新田が言っていた通り、加瀬は私の真意を理解しているようだった。

ちょっと飲んでいくかと誘うと、いいですねと微笑《ほほえ》んだ加瀬が、とりあえずこれを買ってきます、とレジに向かった。

『ドン・キホーテ』第一巻を手に、私はその後に続いた。百万分の一どころか、一兆分の一の奇跡を引き当てたような気がしていた。

～第三種接近遭遇～　みだれ髪

1

加瀬を連れていったのは、渋谷駅からほど近いスペイン風バル、エンハンブレだった。ビールメーカーの営業マンとして長年働いていると、アルコール類がメニューに載っている店について、グルメ情報誌の編集者以上の知識が自然と頭に入ってくる。当たり前といえば当たり前で、そういう仕事なのだ。自分たちの足で稼《かせ》いだ情報、ネットで拾った情報、そして横の繋《つな》がりということもある。

今でこそ渋谷は私の管轄《かんかつ》外だが、若い頃は担当していた時期もあった。こういう時、どこへ行くか考えずに済むので、私たちの仕事は非常に便利だ。

バル形式の店が流行《はや》り出したのは、七、八年前だろうか。エンハンブレはその前からあった。

初めて来たのは十年ほど前だ。エンハンブレは星屑《ほしくず》という意味で、雰囲気も良く、落ち着いた店だった。

九時半、私と加瀬はカウンターの最奥部《さいおう》に並んで腰掛けた。席はほとんど埋まっていたが、そこだけがぽっかりと空《あ》いていた。

スペイン風バルの酒は、ワインとビールが代表格と言っていい。ワインといえばフランス、イタリアを連想する者が多いだろうが、スペインもまた世界有数のワイン生産量を誇《ほこ》っている。クラフトビールも有名だ。

私はマオウビールを、加瀬はサンミゲルを頼み、グラスを合わせた。それにしても不思議なところで会ったな、とマオウをひと口飲んだ私に、本当ですね、と加瀬が微笑《ほほえ》んだ。

「どうして渋谷にいたんだ？」

そう尋ねると、習慣みたいなものですと加瀬が答えた。

「前に働いていた安河商事の本社ビルは、外苑前にあるんです」

「それぐらい知ってるよ」

大学が文京区の白山で、と加瀬がカウンターに置かれている大きなガラス瓶《びん》から小皿にナッツを移した。

「小石川のマンションに住んでいました。ていうか、今もそこにいるんですけど」

「うん」

意外と通勤が不便で、と加瀬がナッツを齧《かじ》った。

「バスでJRの大塚《おおつか》駅まで出て、山手線《やまのて》の渋谷駅で銀座線に乗り換えて外苑前駅まで行くんですが、そのコースだと大きな書店って渋谷にしかないんです。ぼくは本が手元にないと落ち着かないたちで、週に二、三度寄るようになって、そうすると自然と店に馴染《なじ》むように……」

「体が覚えるんだよな」

そう言った私に、加瀬が大きくうなずいた。

「入ったところに雑誌のコーナーがあって、女性誌、男性誌、専門誌、その並びもわかってくるし、小説の新刊台や文庫の棚の順番とか、欲しい本がどの辺りにあるかも見当がつきます。そういうこともあって、時間がある時はさっきの書店に寄ってから帰る習慣ができたってわけです」

常連ってわけだ、と私はマオウを半分ほど飲んだ。

書店も飲み屋も似ているところがある。通っていると、どちらも過ごし方が楽になる。

書店員と飲み屋の店員とでは、接客の仕方こそまったく違うが、本とアルコールは親和性が高いので、それほどおかしな話ではない。

私の場合、書店へ行くのは趣味で、飲み屋へ行くのは仕事の一環だが、どちらも生活、いや人生に欠かせないピースだった。

どんなジャンルの本を読みたいか、どういう酒が飲みたいか、それはその日の気分による。

小説なのかノンフィクションなのか雑誌なのか、仮に小説だとすればどういうジャンルか。

酒にしても同じだ。ビールかワインか日本酒か、それともウイスキーか焼酎《しょうちゅう》か。それはシチュエーションによって変わる。

書店でも飲み屋でも、その時の気分が優先されるが、時には書店員が熱心に推《お》す本を買うこともある。バーテンが薦《すす》めた酒を飲むことがあるが、それと同じだ。

乗っかってみるのも、ひとつの楽しみで、合わなければ別の何かに変えればいい。

ぼくもそう思います、と加瀬がグラスを傾けた。

「本と酒を一緒に考えるのは、ぼくぐらいかなって思ってました。でも、どちらも嗜好品《しこうひん》ですからね。ビール販売会社の社員がこんなことを言うとまずいかもしれませんけど、ビールを飲む気分じゃないっていう日もありますよね」

今日がまさにそうだ、と私はうなずいた。

加瀬の件で判断を誤った。痛恨のミスだ。その後悔はビールではなく、ウイスキーでなければ消せなかった。だから、ブラインドタイガーでマッカランを飲んで忘れようとした。

だが、驚くべき偶然が起き、今、私は加瀬と並んでビールを飲みながら話している。奇跡としか思えなかった。

「仕事の方はどうだ？　ぼちぼちってところか？」

まさにぼちぼちです、と加瀬が空《から》になったグラスを掲《かか》げた。

「すいません、サンミゲルをもう一本……地道屋さんの件で、小峠さんが毎日出たり入ったりじゃないですか。今日も今頃、先方の社長や副社長と飲んでるはずなんですが、お前にはまだ早いって言われました。かなり緊迫した状況みたいですね」

緊迫かどうかわからないが、と私もマオウのお代わりを頼んだ。

五十店舗を擁《よう》する焼き鳥屋チェーン店、地道屋との交渉については、小峠から毎日のように報告を受けていた。近々、私も先方に出向いて挨拶《あいさつ》をすることになっている。

今はお互いに取引条件を話し合っている段階だが、それがある程度はっきりしないと、課長、あるいはその上の部長が出て行っても意味はない。

五十店舗の独立系焼き鳥屋チェーンとの交渉は、絶対に成功させなければならない案件だ。慎重な対応が必要だった。

加瀬がサンミゲルをひと口飲んだ。顔に少し赤みが差していた。

無意識のうちに、私は彼の頬《ほお》に右手を近づけた。何をしている、と思った時は遅かった。私の指が加瀬の頬に触れていた。

「課長？　何ですか？」

何でもない、と素早く手を引っ込めた。

「ゴミがついてたんで、気になってね。ナッツの皮だろう。もう落ちた」

すみません、と加瀬が自分の手で顔をこすった。どういうつもりだ門倉、と私は右手を押さえた。

加瀬の横顔を見ているうちに、触れてみたいという思いが膨《ふく》れ上がり、衝動的に手を伸ばしてしまった。

何のためなのか、自分でもわからない。ただ触れたい、という強い欲求があった。

それはまるで、つまり、何というか、要するに、よくわからないが、好意を持っている女性に対する感情とよく似ていた。

気持ちの整理がついていない私に、『ドン・キホーテ』を買ってましたよね、と加瀬が言った。

「懐《なつ》かしいなあ、ぼく、大学の第二外国語がスペイン語だったんですよ。テキストに使ってました」

それから私たちは、しばらくの間、最近読んだ本について話し合った。至福の時間だった。

2

飲んでいると、話題が脈絡なく変わるのは、誰でも経験があるだろう。小説の話で盛り上がっていたはずだったが、いつの間にか仕事の話に戻っていた。

加瀬も個人的に努力しているようだ。今日も会社を出た後、小峠が担当している三軒の店を回って、挨拶をしてきたという。

この業界での挨拶とは、自己紹介はもちろんだが、一杯飲んでいくという意味でもある。それがビール販売会社の仁義だ。

取引先に勧《すす》められたら、断わるわけにはいかないということもある。それなりに飲み、三軒目を出てから渋谷の書店に寄ったところで、私とばったり出くわした。つまり、加瀬にとってエンハンブレは今日四軒目の店ということになる。

酒はそこそこ飲めるつもりです、と前に本人も言っていたが、仕事として飲むのと、プライベートで飲むのはまったく違う。

取引先の店で飲むのは緊張やプレッシャーもあったはずで、加瀬が酔っているのは書店で顔を合わせた時から何となくわかっていた。

サンミゲルを二本飲み終えた辺りから、ただうなずいたり、生返事が増えていたが、酔いが深くなっているのだろう。飲んでいて一番楽しい時間でもある。酩酊《めいてい》感というか、独特の浮遊感を味わっているようだった。

同じものを、と空《うつ》ろな声でオーダーした加瀬が、置かれたグラスに一瞬目をやり、そのまま瞼《まぶた》を閉じて動かなくなった。

夜十一時を過ぎていた。少しだけ寝かせておこう、と思った。十分ほど休めば、多少は酔いも醒《さ》めるはずだ。

週初めの月曜で、明日も仕事がある。加瀬が目を覚ましたら帰るつもりだった。

周りを見回すと、席を立つ者が増えていた。月曜から深酒というわけにいかないのは、誰でも同じだろう。

エンハンブレの客はサラリーマンやＯＬがメインで、学生など若者はほとんどいない。クローズは十二時だが、そこまで粘《ねば》る客はめったにいなかった。

器用にカウンターに体を預けたまま、舟を漕《こ》いでいる加瀬の横顔に目をやりながら、面白い男だとしみじみ思った。独特、と言うべきだろうか。

顔だけで言うと、いわゆるイケメンの部類ではない。整ってはいるが、愛嬌《あいきょう》の方が勝っていた。

今は閉じているが、目は二重《ふたえ》で、最も印象的なパーツと言っていい。瞳はやや茶色がかっていて、子犬を連想させるところがあった。

鼻筋は通っているが、これといった特徴はない。平均と比較すれば、やや大きい方かもしれない。

頬は少しこけた感じで、スリムな体形とバランスが取れている。そして口元から顎《あご》にかけてのラインには、意志の強さを感じさせるものがあった。

不思議な奴だ、と無防備に寝ている加瀬を改めて見つめた。女性との接し方が下手《へた》だと前に言っていたが、むしろ女性の側がどう話しかけていいのかわからなかったのではないか。

外見だけで言えば、特に変わったところはない。好感を持たれるタイプだが、それだけという言い方もあるだろう。

ただ、どこかガラス細工のような脆《もろ》さがあった。その危《あや》うさに気づいた女性は、迂闊《うかつ》に触れてはならないと自制せざるを得なくなる。

何年も彼女がいないと話していたが、理由はその辺りにあるのかもしれなかった。

さりげなく、私は左右に目をやった。オーダーストップの時間を過ぎたため、カウンターの中で店員がグラスを洗い始めていた。

後ろの席に、数組の客がいたが、私たちを見ている者は誰もいなかった。何のための確認か、自分でもわからなかったが、そのまま視線を加瀬に戻した。軽い寝息が聞こえた。

加瀬、と私はその肩に触れた。

「……寝てるのか？」

返事はなかった。目を覚ます気配はない。加瀬、ともう一度呼びかけた。

「眠ってるんだな？　気分が悪いとか、そういうことじゃないよな？」

素早く視線を三百六十度、前後左右に向けた。二人の店員がグラスを片付け、もう一人は空いたテーブルをダスターで拭《ふ》いていた。

残っている数組の客は、それぞれ何か話していた。酔っているのか、同じような会話を繰り返しているだけだ。誰も私たちを見ていない。

不意に、加瀬の肘《ひじ》がカウンターから落ちた。慌《あわ》ててその肩を左手で支えた。

それだけで、私たちの距離が近づいた。五〇センチも離れていない。

自分が何をしているのか、何をしたいのか、まるでわからなかった。ただ、私の意識は一点に集中していた。加瀬の唇だ。

全体に色白なためか、唇の赤みが目立つ。そこだけがクローズアップになっていた。与謝野晶子《よさのあきこ》の有名な歌が頭を過《よぎ》った。『みだれ髪』の中の一つだ。

やわ肌の　あつき血汐《ちしお》にふれも見で　さびしからずや　道を説く君

加瀬の唇に触れたいという衝動が、体の奥から湧《わ》き上がっていた。触れずにはいられない。たとえ、地球が真っ二つに裂けたとしても。

もちろん、そんなことを考えるのがおかしいのはわかっている。私も加瀬も男性だ。私はゲイではないし、加瀬もそうだろう。

もし、仮に、加瀬がゲイであったとしても、特に思うことはない。人権がどうとか、難しい話をするまでもなく、人はそれぞれだ。

すべての人間が同じ性格ではないのと同じで、加瀬がゲイであったとしても、それが何だというのか。そんなことは本人の自由だ。

わからないのは自分自身だった。過去を振り返っても、私にその傾向はなかった。まったくない、と断言できる。

それなりに何度か恋をしてきたが、対象は常に女性だった。男性の先輩に憧《あこが》れたり、特定の友人、後輩を可愛《かわい》いと思ったり、そういうこともなかった。

ましてや、男性の唇に触れてみたい、と思ったことなど一度もない。絶対にだ。神に誓ってもいい。

だが、今、私は加瀬の唇に触れたかった。それしか考えられなくなっている自分がいた。

与謝野晶子のあの歌は、どういう意味だったろう。確か、熱く燃えるような肌に触れたり、抱くこともないまま、人生を語るのは寂《さび》しくないか、そんなことだった気がする。

待て、落ち着け、門倉。何を考えてる？

そもそも相手が男性だろうと女性だろうと、酔って寝ている者の唇に触れていいはずがない。数十分前、加瀬の頬に触れたが、あれがぎりぎりの限界だ。

それに、あの時加瀬は酔ってこそいたが、はっきりと意識があった。今は違う。完全に寝入っている。そんな人間の唇に触れるのは、人として最低の卑劣な行為だ。

よく見ろ、門倉。ここで安らかな寝息を立てているのは、お前の部下で、恋人ではない。プライベートな関係もない。単なる上司と部下、それだけだ。

何の権利があって、加瀬の唇に触れたいと思っているのか。どうかしているぞ。

わかっていたが、気づくと私たちの距離は近づきつつあった。無意識のうちに、加瀬の背中に手を回している自分がいた。もう三〇センチもない。

私の左手は加瀬の体を支えていたが、右手は空いていた。このまま手を上げれば、加瀬の唇に触れることができる。

いや、しかし。何のためにそんなことを？　触れたところでどうなる？　何の意味がある？

わかり過ぎるほどわかっていた。そんなことをしてはならない。許されることではない。

もし加瀬が目を開いたらどうなるのか。セクハラであり、パワハラでもある。申し開きの言葉も何もない。

わかっていたが、勝手に動き出す右手を意志の力では止められなかった。自分ではどうしようもない。私に抗《あらが》う力はなかった。

加瀬の唇に触れたい。感触を確かめたい。そしてその後、つまり私は——

突然、ガラスが割れる音がした。加瀬が目を開き、同時に私は左手を離した。

大丈夫か、という若い男の声が背後から聞こえた。振り向くと、酔った女性客がごめんなさいと何度も頭を下げていた。

服の袖《そで》がグラスに引っ掛かったのだろう。床に落ちたグラスが、粉々《こなごな》に割れていた。

ぼく、寝てましたかと加瀬が体を起こした。

「すみません、たまにですけど、酔うと寝てしまうことがあって……」

気にするな、と私は時計を見た。店員が床からグラスの破片を拾い上げていた。

「疲れてるんだろう。そろそろ帰るか。もういい時間だ」

十一時半になっていた。すみませんと頭を下げた加瀬に背を向けて、レジで支払いを済ませた。

ごちそうになっていいんですかと言った加瀬に、たまにはこういうのもいいな、と私は言った。

「また二人で飲みに行こう。会社には本の話をする相手がいなくて、困ってたんだ」

いいですね、と加瀬がうなずいた。染み入るような微笑を浮かべている。私だけに向けられた笑《え》みだった。

私は井の頭線、加瀬はＪＲだ。またな、と手を振って別れた。店を出ると、小雨が降り出していた。

3

リリーＢＳ社の営業部はフレックス制が敷かれている。それぞれの社員のコアタイムはいくつかのパターンに分かれているが、課長職以上になると、普通に九時半出社という者が多い。

それは私も同じで、翌日、いつも通り九時半に社に着くと、デスクに加瀬と真里がいた。

三課に配属されて、まだ三週間ほどしか経《た》っていない。新人という自覚があるのか、二人は毎日早めに出社している。

小峠から連絡はあったかと聞くと、まだですと加瀬が答えた。小峠のコアタイムは午前十一時から午後四時で、多少時間にルーズな男でもある。地道屋の件が気になったが、出社するまで待つしかないようだ。

パソコンの共有ファイルを開くと、係長の永島さん、理水、そして渚が、出社時間と今日の予定をそれぞれ自分の電子出勤簿に書いていた。

営業には個々のスタイルがある。連絡さえすれば直行直帰でも構わない、というのが三課のルールだった。

昨日はごちそうさまでした、と加瀬が小さく頭を下げた。軽く手を振って、気にするなとだけ言った。上司と部下が飲んで、ワリカンというわけにはいかないだろう。

メールチェックをしながら、二人に目をやった。外回りに出すにはまだ早いということもあり、二十三区内の新規オープン店情報をネットで拾うことが今の二人の主な仕事だった。

私たち営業マンには横の繋がりがあるし、取引先から情報を教えられることもあるが、ビールを扱う飲食店はそれこそ雨後《うご》の筍《たけのこ》のように毎日続々とオープンする。例えばラーメン屋がそうで、すべてを追いかけていくことなど、できるはずもない。

今時の店なら、ネットに新店オープンの情報をアップすると思われがちだが、そんな店ばかりではない。ポスティングぐらいはするだろうが、ホームページを立ち上げるのは、小さな店だと経費的にも難しい。せいぜい、ツイッターなどＳＮＳで情報を発信するぐらいが関《せき》の山《やま》だ。

だが、逆に言えばそういう店は他のビール会社もオープンしていることに気づかず見逃されている場合がある。

他社より早く店主と交渉すれば、リリービールを扱ってくれる可能性は高い。早い者勝ちというのは、この業界の掟《おきて》だ。

塵《ちり》も積もれば何とやらで、年間を通すとそういう小さな店の売上のトータルは無視できない数字になる。それは教えていたから、二人とも真剣に取り組んでいた。

キーボードで検索ワードを打ち込み、画面をスクロールしている加瀬の顔は、仕事をしている男のそれだった。問題は何もなかったが、どうしても一点から目を逸《そ》らすことができなかった。

唇だ。

昨夜、自分が何をしようとしたのか、はっきり覚えていた。加瀬の唇に触れたいと強く願い、それしか考えられなくなった。

加瀬は眠っていたし、店員は閉店の準備を始め、そして他の客は会話に夢中で、私たちを見ている者はいなかった。

そんなことをしていいはずがない。他人の唇に触れるなんて、どうかしている。触れたところで、何がどうなるわけでもない。人として、明らかに、絶対に、間違った行為だ。

すべてわかっていたにもかかわらず、衝動を抑えられなかった。あの時グラスが割れ、加瀬が目を覚まさなかったら、間違いなく私は彼の唇に触れていただろう。

パソコンに送られていたいくつかのメールを確認しながら、ため息をついた。

門倉、いったいどうしたんだ？　自分の中にある、この得体の知れない感情は何なのか。

いや、正直になろう。その正体はわかっていた。

加瀬の唇に触れたかった。それどころか、自分の唇を重ねたいと心から望んでいた。

もちろん、そんなことはしない。絶対にしない。それは断言できる。

少なくとも、酔って眠っている人間にキスするような、騙《だま》し討ちのような真似《まね》はしない。本人の了解があれば別だが。

違う違う。違うぞ、門倉。誰の了解があっても、絶対にしてはならない。

メールを打つふりをしながら、もう一度加瀬の顔を盗み見た。整った顔立ちではあるが、モデルや俳優のようなイケメンというわけではない。

どこにでもいる二十八歳の若者の一人だ。なぜ、加瀬のことが気になるのだろう。

自分自身がわからなかった。加瀬に限らず、男性に恋愛感情を抱《いだ》くはずがない。絶対だ。

それなら、なぜ加瀬の唇に触れようとしたのか。キスまでしようと考えていたのは、恋愛感情ではないのか。

「わからん」

思わず声が漏《も》れ、慌てて口を押さえた。自分の心そのものが謎《なぞ》だった。

友情ならわかる。十代の頃から二十代半《なか》ばまで、同じ空間や時間を共有し、親しくしていた友人が数人いるが、彼らとの間には友情が存在する。

相談したり、悩みを打ち明けたり、友人同士だけが共有できる感情をぶつけ合ったこともあった。親より、兄弟より、教師より、ガールフレンドや恋人より、お互いを理解し、信じ合っていた。

もちろん、言わなかったこと、言えなかったこともある。お互いに察していても、あえて触れなかったこともあった。それもまた、友情のひとつの形だろう。

正確な定義はともかくとして、あの頃、そして今も友情を感じる友人がいる。それは確かだ。

だが、加瀬と彼らは違う。気が合う、仲がいい、腹を割って話し合うことができる、そういう関係ではない。だいたい、そこまで親しいわけではなかった。

私と加瀬とでは、ひと回り歳《とし》が違う。通常の意味合いでの友情など、存在し得ない年齢差だ。

にもかかわらず、私は加瀬に強い好意を持っていた。上司と部下とか、同じ課で働いているとか、そういう範疇《はんちゅう》を超えるものだ。

例えば、社内で親しくしている友人の一人に、人事課長の東尾がいる。あくまでも遊び仲間、飲み仲間であり、良き友人というスタンスで私たちは付き合っているが、加瀬に対する強い感情とはまったく違った。

実のところ、履歴書レベルでしか、私は加瀬のことを知らない。リリーBS社に中途採用され、三課に来てまだひと月も経っていないのだから、当然といえば当然だ。

人間の性格はそう簡単にわからないし、深いところまで知るためには、それなりに時間がかかる。

にもかかわらず、私の中にある加瀬への熱い感情は何か。それはまるで――

一目惚《ひとめぼ》れ、という単語が頭に浮かび、無理やりそれを打ち消した。何を馬鹿な。世迷《よま》い言《ごと》にもほどがある。

そんなはずないじゃないか。そうだろう、門倉。

しかし、冷静に考えると、どうやらそういうことらしかった。加瀬に対して抱いている感情を過去のデータベースに照らし合わせてみると、一目惚れが最も近いと検索結果が出ていた。

半ばパニックになって、思わず立ち上がった。私が男性に恋をする？　そんな想定はしたことがなかったし、あり得ない。

これは本当に恋なのか。今年四十歳になる妻子のいる男が、なぜ今になってそんなことに？

　どうかしましたか、と心配そうな表情を浮かべた真里が近づいてきた。パソコンの見過ぎだ、と私は目を拭《ぬぐ》った。

「時々あるんだ。画面を見続けていると、めまいがする。もうそういう歳なんだな。眼精《がんせい》疲労《ひろう》かもしれない」

　出社してパソコンを立ち上げてから、まだ十分も経っていない。眼精疲労も何もないのだが、それぐらいしか言い訳を思いつかなかった。

「大丈夫ですか？　横になった方が……」

　真里が私のジャケットの袖に触れた。すぐ治るから心配するなと言うと、無理しないでくださいと真剣な目で私を見つめた。

「祖父が亡くなった時もそうでした。立ちくらみがするとか頭が痛いとか、そんな話をしていたら急に倒れて……顔色もよくありません。少し休んだ方が……」

　まだぎりぎり三十代だよ、と私は座り直した。

「昔と比べたら、仕事も楽させてもらってる。気にすることはないから――」

　心配なんです、と真里が訴えるような表情で言った時、課長、と大声がした。顔を向けると、足早に小峠が近づいてきた。

「お前にしては早いな。台風でも来るんじゃないか？」

冗談は止《や》めてください、と自分の席にカバンを置いた小峠が私の耳元に顔を近づけた。

「ちょっと相談があります。例の地道屋の件なんですが……」

何かトラブルかと小声で尋ねた私に、何とも言えません、と小峠が顔をしかめた。思っていたより、難しい案件のようだ。

一緒に来い、と小峠が加瀬を呼んだ。

「いずれはお前にもあそこを担当してもらうつもりだ。最初から説明しておけば、二度手間にならないからな」

会議室に行こうと言った私に、押さえてあります、と小峠がフロアの奥を指した。大雑《おおざっ》把《ぱ》に見えるが、その辺りは手回しのいい男だ。

「とにかく話を聞こう。小峠の言う通り、加瀬も入っておいた方が良さそうだ。来てくれ」

先に歩きだしていた小峠が、小会議室のドアを開けた。振り向くと、不安そうな表情を浮かべた真里が私を見つめていた。

4

地道屋の社長との交渉に漕ぎ着けるまでの小峠の苦労話はすべて割愛する。正直なところ、聞き飽《あ》きていた。

「昨日はどうだったんだ？」

会議室のソファに座った私の向かいで、奥村《おくむら》社長との話し合いはそれなりに順調です、と小峠が言った。

「ええと、どこまで報告してましたっけ。ウェーブビールの件は伝えましたよね？」

ざっくりでいいからもう一度頼む、と私は小峠の隣に座っている加瀬に顔を向けた。地道屋について、加瀬も詳しい事情を知っておく必要があるだろう。

地道屋は直営店十店舗、フランチャイズ四十店舗の焼き鳥屋チェーンだ、と小峠が口を開いた。

「看板メニューのメガ焼き鳥をはじめ、フード、ドリンク、何でも全品二百五十円っていうのが売りで、この数年で急成長している。安くて量があって美味《うま》いって、大学生とか若いサラリーマンなんかに大人気の店だよ」

もちろん知ってます、と加瀬がうなずいた。一号店は有楽町でさ、と小峠が会議室の小さな窓の外を指した。

「奥村社長は今年四十五歳っていったかな？　もともと大阪の精肉会社で働いていたんだけど、脱サラして地道屋を始めた。ねっちりもっちりした話し方をするけど、別に難しい人じゃない。ただ、焼き鳥への情熱は凄《すご》いよ。ちょっとオタクな感じもするぐらいだ」

「オタク？」

精肉会社では鶏肉《とりにく》を扱う部署に長くいたそうだ、と小峠が言った。

「のめり込む性格なんだろう。全国の養鶏《ようけいじょう》場を訪れ、育て方から何から、全部調べたって言ってたな。最終的に、鶏肉は焼き鳥にして食べるのが一番美味い、という結論に達した。十年間、全国の鳥料理を食べ歩いたっていうから、まさにオタクだろ？　そんなこんなで、自分で店を始めると決めて、五年ほど前に一号店を開店したってわけだ」

好きが高《こう》じてって奴だな、と私は苦笑した。

「ラーメン好きで、自分でラーメン屋を始める人がいるだろ？　ああいうことなんじゃないかな」

わかるような気がします、と加瀬が微笑んだ。

「精肉会社で働いていた頃のコネがあったから、鶏肉の仕入れルートは最初から確保していたんだ」品質の目利《めき》きも確かだよ、と小峠が説明を続けた。「研究に研究を重ねて、独自のタレを作った。他のメニューもそれなりに凝《こ》ってる。肩書こそ社長だけど、実際には商品開発の責任者だな。実質的な経営は、副社長の静子《しずこ》夫人が取り仕切ってる。ひとつ上の姉さん女房なんだけど、この人が切れ者でね。全品二百五十円とか、経営コンセプトを立てたのも静子副社長だ」

ウェーブビール社との関係なんですが、とそのまま私に顔を向けた。

「正確なところがわかりました。静子副社長は律東大《りっとう》の商学部出なんですが、語学のクラスに課長もよく知っている金野《きんの》部長がいたそうです。その関係で便宜《べんぎ》を図ってもらったと言ってました」

ウェーブビール社の金野部長は、業界でも有名だ。剛腕金野、と呼ばれているが、筋金入りのベテラン営業マンだった。

「それじゃ、ウェーブビールとコネがあったというのは、まんざら嘘《うそ》じゃなかったんだな」

そういうことになりますね、と小峠が答えた。

「もっとも、語学のクラスが同じだっただけで、深い付き合いはなかったということです。旦那《だんな》が焼き鳥屋を始めると決めたんで、とりあえず相談に行った、そんな感じじゃないですか？　最初はうまくいってたようですが、地道屋が急激に店舗数を増やしたこともあって、金野部長が条件面の見直しを申し入れたことで揉《も》めたっていうか、はっきり言えばケンカ別れですね。ウェーブビール社とは縁を切った、と静子副社長が言ってました。例によって、金野部長がごり押ししたんでしょう」

たぶんそうだろう、と私は金野部長の大きな顔を思い浮かべた。剛腕であると同時に強引な営業を仕掛ける人で、やり過ぎてトラブルを起こすことも多かった。

「そんなこんなで、地道屋は新しいビール会社を探していたわけです」小峠が手をこすり合わせた。「静子副社長の構想では、一年以内に百店舗までフランチャイズを増やすつもりだそうですが、焼き鳥屋で一番出るドリンクは何といってもビールですから、国内四大メーカーのどれかということになります。最大手のウェーブビールが消え、ウエハラビールとは条件面で折り合いがつかず、結局うちとビアゴールドのどちらかってことになった、というのが現状です」

「それで昨日の話し合いになったわけだな。感触は?」

悪くはありません、と小峠が手元に置いていた自分のタブレットの画面をスワイプした。

「これは地道屋が提示している卸値《おろしね》その他の条件です。いろいろ話し合ったんですが、一番重要な卸値については、他店より三パーセント下げるというのが、お互いの了解点でした。うちとしては許容範囲だと思いますが」

リリーBS社では、自社商品の卸値を決めている。ただし、これはいわゆるメーカー希望小売価格で、基準値と言った方が正確だ。

実際には取引先の規模、経営状態、ビールの扱い高の総量、その他諸条件によって、数パーセント上下させることもあった。

例えば完全な新規店の場合、ある程度卸値を下げてでもその店を〝取りに行く〟のはよくある話だ。損して得取れではないが、長期的な展望に立つと、ビジネスとして十分に成立する。

あるいは十年、二十年と長く付き合っている店に対して、特別に卸値を下げることもあるし、逆に経営状態が厳しい店には、万一の事態に備えてあえて卸値を高く設定する場合もあった。その辺りは、どの業界でも似たような感じではないか。

タブレットに表示されていた資料にひと通り目を通してから、微妙なところだな、と私は腕を組んだ。

直営店、フランチャイズ、合わせて五十店という地道屋はそれなりの規模だし、絶対に欲しかったが、特別に優遇するレベルとは言えなかった。

急成長を遂《と》げている店は要注意物件でもあり、今は人気があっても、一度客離れが始まると尻すぼみになるのは、経験上よくわかっていた。

ただ、卸値についての判断は、現場の裁量に委《ゆだ》ねられているところが大きい。卸値を他店より三パーセント下げるというのは、課長職が決裁できる数字だった。

私としては、地道屋と契約を結びたかった。特別に優遇するレベルではないにしても、五十店舗という数は魅力的だ。

全店のビールをすべて扱うことができれば、三課としても大きな数字になるし、同時に業界トップのウェーブビール社の鼻を明かすことができる。

この数字で部長に報告しよう、と私は言った。

「部長も了解するだろう。とにかく、三課長としてはゴーだな。ただ、ビアゴールドはどうなんだ？　あっちも同じ条件を提示しているんだろ？」

相談っていうのはそこです、と小峠が鼻の頭を搔《か》いた。

「他のサービスも考慮してほしい、と静子副社長は言ってます。全店共通の暖簾《のれん》を作るとか、ノベルティグッズの提供とか、そんなことですね。よくある話ですし、うちとしても協力できますと伝えたんですが、とにかく結論を早く出してほしいと……それも含めて、責任者と直接話したいというのが先方の要望なんです」

おれで良ければいつでも出向くと言った私に、さすが課長と小峠が手を叩《たた》いた。

「副社長としては、ビアゴールドと取引したかったようで、うちより先にあっちの担当者と話してるんです。ただ、ビアゴールドはいつもそうですけど、社内調整に時間がかかるじゃないですか。回答に時間がかかるとわかって、副社長はそれが気に入らなかったようです。気が短いっていうんじゃなくて、せっかちな人なんですよ。昨日の打ち合わせで、うちなら一週間でお返事しますと言ったら、それならリリーBS社さんと取引したいってことになったわけです。それじゃ、今週の木、金、どっちかで課長も一緒に行ってもらえませんか。そうすれば、一気に話を詰めることもできると思います」

金曜だな、と私はスマホでスケジュールを確認した。

「今日明日で社内調整をする。卸値の了解も取る。他のサービスについても、具体的に検討しよう。小峠は先方の希望をまとめてくれ。いいな」

了解です、と小峠が敬礼ポーズを取った。いよいよですね、と加瀬が大きくうなずいた。

5

七月八日金曜日、私と小峠、そして加瀬の三人は有楽町の地道屋一号店の前にいた。六時五十分です、と小峠が言った。

火曜の打ち合わせの後、私は藤堂部長と話し、地道屋への卸値について了解を取っていた。他のサービスについても良きにはからえということだったが、ひとつだけ釘《くぎ》を刺された。

「その地道屋ってのは、大丈夫なんだろうな？」

藤堂部長の問いに、そこは調べますと答えた。私自身も気になっていた。

居酒屋、ラーメン屋、焼き鳥屋、その他世の中には星の数ほど多くの飲食店がある。ビルドアンドスクラップで、新しい店ができては潰《つぶ》れ、また生まれる。それが世の常だ。

大流行りした店が一夜にして消えてしまうのも、この業界ではよくある話だった。この十数年、どれだけの栄枯盛衰《えいこせいすい》を見てきたか、自分でもわからない。

個人で始めた一軒だけの店ということなら、正直なところ会社にとって大きなダメージはない。冷たいことを言うようだが、別の店を見つけて、新たなビジネスを始めるだけだ。

だが、五十店舗のチェーン店となると、そうも言っていられなくなる。地道屋と取引を始めたとして、その一年後に倒産でもしたらどうなるか。致命的なダメージにはならないが、それなりに面倒な事態になるのは目に見えていた。

もちろん、絶対に安全なビジネスなどあり得ないし、日本を代表する大企業でさえ、いつどうなるかわからない時代だ。五年先、十年先のことまで読める者など、いるはずもない。

新規店との取引には、常にギャンブルの側面がある。ただ、リスクを軽減する方策はあった。企業情報の事前調査だ。

今回のケースで言えば、地道屋の経営状態を確認し、過去の経験を踏まえ、将来性を予測、検討することは可能だった。

藤堂部長への報告を終えてから、すぐに私はリリービール本社の財務部に連絡し、地道屋の調査を依頼した。

回答が届いたのは昨日の昼で、それによると地道屋は株式会社の形を取っているが、全株を奥村社長と静子副社長が所有しており、実態は個人商店と変わらないという。

それだけに企業情報の調査は難しかったようだが、蛇《じゃ》の道は蛇《へび》で、本社財務部もいろいろ手を尽くしたのだろう。結論から言うと、経営状態は良好だった。

取引銀行は大手都銀で、開店に際して融資を受けていたが、それは数年で返済を終えていた。売上高、営業利益、経常利益、純利益、いずれも一号店開店以来の五年間で、前年度を下回ったことはない。

財務部は企業概要の確認もしていたが、地道屋は焼き鳥屋に特化しており、他の事業展開をしていなかった。本体が順調に利益を出していると、新興チェーン店の経営者は多角経営の名のもとに別の事業に手を出し、そこで失敗してすべてを失うことがある。

だが、地道屋の経営方針は堅実そのもので、一切《いっさい》ブレがなかった。信頼性は高いと財務部は判断していたが、報告書を読んだ私の結論も同じだった。

拙速《せっそく》ではあったが、火曜から木曜にかけて小峠と加瀬、そして私は地道屋の店舗をいくつか回り、客としてテーブルに座り、雰囲気を調べていた。

そんなことで何がわかるのかと思うだろうが、それなりに感触というか、伝わるものはある。

三日間で地道屋の店舗十五店に行き、それぞれのデータを突き合わせ、加瀬がそれをまとめた。安河商事に勤めていただけあって、簡潔だが要を得たレポートで、内容もわかりやすかった。

その他、インターネットの口コミや、同業他社からの情報も含め、地道屋に問題はない、ということで私たちの意見は一致していた。どの店も繁盛《はんじょう》しており、常に客が長い行列を作り、順番を待っていた。店員の動きも良く、活気があった。

そのため、不安はなかった。今から奥村社長、そして実質的な経営者である静子副社長と会い、諸条件を話し合うことになっていたが、今日すべてを一気に決めてもいいと思っていたほどだ。

「地道屋の店舗は、ほとんどが二階にあるんです」

小峠が建物を指さした。雑居ビルの二階の壁一面に、地道屋という電飾看板と、メガ焼き鳥、ハッピーアワーというような大きな張り紙が並んでいた。

いわゆる路面店ではなく、二階に店舗を構えるのは、静子副社長の方針だという。単純に言えば家賃が安いからで、最近伸びている居酒屋の多くに共通するやり方だった。

エレベーターに乗り込んだ小峠が三階のボタンを押した。

「店舗は二階で、本社は三階です。開店当初は、二階の店の片隅《かたすみ》で毎晩帳簿をつけていたそうですが、五十店舗のチェーンともなると、そうもいかないでしょうからね」

エレベーターのドアが開くと、すぐ目の前に扉があり、地道屋株式会社と四角い窓ガラスに細長い表札があった。質実剛健というべきか、見かけにはこだわらないという経営方針を表わしているようだ。

焼き鳥屋が豪華なオフィスを構えていたら、それだけで信用できない。まだ会ってもいないが、社長、副社長の人柄が何となくわかった気がした。

小峠がノックすると、すぐに扉が大きく開いた。立っていたのは若い女性社員で、社長と副社長がお待ちです、と少し強《こわ》ばった顔で言った。

中はかなり広く、総務、経理、営業、フランチャイズ統括といったプレートが天井から下がっていた。

その一番奥に、少しだけ大きなデスクがあり、眼鏡《めがね》をかけた背の低い小太りの男と一七〇センチほどの大柄な女性が立ち上がって、こちらへどうぞと微笑んだ。

地道屋の奥村社長、そして静子副社長については、事前に小峠から話を聞いていた。だいたいのイメージは頭の中でできていたが、想像以上と言ってもよかった。

奥村社長の背は一六〇センチないぐらいで、四十五歳というが、私より年下に見えた。童顔というか、子供のような顔だ。

それに対し、静子副社長は背も高く、アスリート体型だった。陸上かバレーボールの経験があるのではないか。

もうひとつ付け加えると、年齢不詳だった。女性の見た目について、あれこれ言ってはいけないとわかっているが、かなり強引な若作りのメイクをしているため、四十代なのか、五十代なのか、どちらとも取れる顔になっている。

不釣《ふっ》り合いといえば不釣り合い、不似合いといえば不似合いな夫婦だが、それは余計なお世話というもので、奥村社長が妻である静子副社長を信頼しているのは態度でわかった。

応接セットに案内され、名刺交換と挨拶を済ませると、後は任せるからと関西弁のイントネーションで言った奥村社長がフロアを出て行った。

いいのだろうかと思っていると、お座りくださいと静子副社長がソファを指した。

「小峠さんにはこの前もお話ししましたけど、ビジネスの方はわたしが一任されてますから、主人のことは気になさらなくて結構です」

奥村社長が了解されているなら、弊社《へいしゃ》としては問題ありません、と私はソファに腰を下ろした。

経営を担当しているのは静子副社長だと聞いていたし、夫婦で店をやっているのだから、後で揉めるとも思えない。

静子副社長は即断即決の人ですと小峠が言っていたが、私の印象も同じだった。更《さら》に言えば、何でも白黒はっきり決めたいと考えるタイプのようだ。

「こんな小さな会社ですけど、それなりに何とかやってるんですよ」

女性社員が運んできた麦茶を、静子副社長が一気に飲んだ。その辺りもアスリートを思わせる雰囲気があったが、話し方はソフトで、声音《こわね》も柔らかかった。

「新店が五つ増えることになったんです。それが埼玉なんで、うちとしてもこれからますます忙しくなるねって、主人とも話していたところだったんです」

おめでとうございますと頭を下げると、いえ、と笑いながら静子副社長が手を振った。

「一年以内に百店舗にするつもりなんです。フランチャイズという形だと、それほど無理な話じゃないんですよ。でも、管理するわたしの方は大変で……さっそくですけど、ビジネスの話に入ってもよろしいですか？　わたし、世間話があんまり得意じゃないものですから」

もちろんですと答えたものの、難しい相手だと心のどこかで感じていた。やりにくいということではないが、どんな球を投げてくるのか予想がつかなかった。

「聞いていらっしゃると思いますけど、最初はウェーブビールさんにお世話になっていたんです」

静子副社長が小峠に目をやった。聞いています、と私は言った。

「同じ大学にいた金野くんが営業部長になっていて、その関係でいろいろ助けてもらって……」

手元にあったバッグから煙草《たばこ》を取り出し、火をつけた。社内喫煙可という会社も今時珍しいが、小さな会社の副社長と思えば、その辺りは本人次第なのだろう。

「最初のうちはうまくいってたんですけど、店が増えるにつれて、金野くんも商売っけが出てきたんでしょう。いろいろトラブルが起きるようになって……知っている人だと、かえって難しいですよね。やっぱりビジネスは友人とするものじゃないなって。結局、ウェーブさんとのお付き合いは止めることにしたんです」

「わからなくもありません」

奥村夫妻が最初に地道屋を始めた時、ここまで急成長するとは本人たちも思っていなかっただろう。金野部長もそうだったに違いない。同じ大学出身ということで、好意で助けるぐらいのつもりだったのではないか。

だが、五十店舗を擁するチェーンとなると、それでは済まなくなる。そこで揉めるのは、よくある話だった。

「地道屋がそれなりに大きくなると、フランチャイズの申し込みが来るようになって、ありがたい話ですからお受けして」ほとんどが個人でお店を開いていた方なんです、と静子副社長が言った。「地道屋の看板と経営のノウハウを教えてほしい、そんな感じでした。主人と相談して、焼き鳥だけはうちもこだわりがありますから、そこだけきちんと守っていただけるなら、細かいことは皆さんの判断でお決めになって構いませんよって……」

あそこと似ていますね、と有名な中華料理チェーン店の名前を加瀬が言った。そのチェーンの売りは餃子《ギョーザ》で、それだけは全店共通のレシピがあるが、他のメニューは各店の店長が決めて構わないし、料理のネーミングや価格も自由に設定できる、という話を私も聞いたことがあった。

やっぱり若い方はお詳しいですね、と静子副社長が加瀬に視線を向けた。

「正直に言うと、あの中華屋さんの真似をしただけなんです。でもね、それはそれで不都合があるんですよ。有楽町の店にあるメニューが神田《かんだ》店にはないとか、そんなクレームもありました。それに、経営のことを考えると、全店のメニューを統一した方が利益率はいいんです」

そうでしょうね、と私はうなずいた。各店の個性を重視するというのは、経営方針として間違っていないと思うが、現実を考えるとシビアな問題が出てくる。ビジネスという観点に立てば、全店同じメニューにした方が、あらゆる面で効率的だろう。

どうすればいいのか考えたんですけど、と静子副社長が煙を吐いた。

「結局、全店統一メニューで行くことに決めたんです。それが一年前で、フードメニューは今年の秋までに全店揃《そろ》える予定ですけど、その前にまずドリンクを統一しようって……そっちは特に難しくないんです。ほとんどの店のドリンクメニューは、最初から似たような感じでしたからね。最後に残ったのが、焼き鳥屋に欠かせないビールになったのは皮肉な話なんですけど」

弊社とビアゴールドさんをお考えになっていると聞いています、と私は言った。天秤《てんびん》にかけているつもりはありません、と静子副社長が微笑んだ。

「最初はビアゴールドさんにお願いしようと思ってました。でも、何ていうか、対応が遅くて……その点、小峠さんはフットワークもいいし、こうしてすぐ門倉課長にもお会いできましたし、もちろん条件面の折り合いがつけばですけど、リリービールさんかなって」

卸値については上から判断を任されています、と私は静子副社長の目を正面から見つめた。

「ご提示のあった数字は、私も了解しています。ただ、他のサービスについては、多少相談が必要かと」

よかったらお店で話しませんか、と静子副社長が灰皿に煙草を押し付けた。

「ここの一号店だけ、商談用の個室があるんです。そこを取ってありますから、ぜひどうぞ。構いませんよね？」

行きましょう行きましょう、とソファから立ち上がった静子副社長がドアに向かった。その後に続きながら小峠に目をやると、親指を上に向けて立てていた。一気に決めましょう、というサインだ。

階段でいいですよね、という静子副社長の声が聞こえた。はい、と私たち三人は声を揃えて答えた。

6

階段で二階に下り、非常口と書いてある扉を開けると、そこが地道屋の店内だった。

カウンター十二席、テーブル七十五席、総席数八十七席、宴会等の最大人数は満客時で百四名ですと静子副社長が説明したが、スペックについては私たちも調べ済みだった。地道屋全店の中では、平均的な広さだ。

見渡すと、全席が埋まっていた。昨日、私も京橋《きょうばし》と大久保《おおくぼ》の店を回っていたが、いずれも満員で、予約を取っていた京橋店はともかく、とりあえず行ってみた大久保店の方は、二時間待ちですと言われ、店を覗《のぞ》いて帰ってきただけだった。

おかげさまで毎日こんな感じです、と静子副社長が私の耳元に口を寄せた。店内に客同士の話し声が重なっているので、そうでもしないと声が聞こえない。

若い店員の案内で奥に進むと、そこに小さなドアがあり、個室になっていた。ドアを閉めると、他の客の声が聞こえなくなった。

個室といっても、四人掛けのテーブルがひとつあるだけで、他には何もない。この辺りも地道屋の、つまり静子副社長の方針なのだろう。あくまでも商談用の部屋、と割り切っているのがわかった。

座りましょうと静子副社長が言ったが、席順をどうするかで譲り合いが始まった。商談で来ているのだから、私としては静子副社長が上座のつもりだった。

だが、彼女にとって私たちは客で、店の人間が上座に座るわけにはいかない、と主張して譲らない。

結局、静子副社長を上座に座らせ、私はその向かいに、フォロー役を務める小峠が横に並んだ。残っているのは静子副社長の隣だけで、加瀬はそこに腰を落ち着けることになった。

まずは乾杯しましょう、と静子副社長がテーブルにあった呼び出しボタンを押した。すぐに個室のドアが開き、店員が中ジョッキを四つ運んできた。

「とりあえず、最初はビールですよね？　それでよかったかしら」

もちろんです、と私たちはうなずいた。最初の一杯はビールというのが日本人の習慣だし、仮に私たちがウイスキーの営業マンだとしても、まずはビールで乾杯、ということになったのではないか。

グラスを合わせてひと口飲むと、その場の雰囲気が和《なご》んだ。焼き鳥屋をやってるのにねえ、とテーブルに肘をついた静子副社長が苦笑した。口をつけただけだったが、顔が真《ま》っ赤《か》になっていた。

「お酒が嫌いってわけじゃないんですよ。だけど、全然弱くて……ビール一杯で酔っちゃうの。でも、大丈夫。ビジネスはビジネスですからね。どこから始めましょうか」

その姿は、どこかスナックのママを連想させた。無理に飲まなくても、と小峠が置いてあったメニューを開いた。

「ソフトドリンクに変えますか？　それともお茶か何か……」

いいのいいの、と静子副社長が手を振った。

「皆さんも気になさらずに、どんどん飲んでくださいね。ビール会社にお勧めだからって、ビールしか飲んじゃいけないってことはないんでしょ？　うちは何だって揃ってますからね。お好きなものをどうぞ。お食事の方もすぐに来ますから、飲みながら、食べながらお話ししましょう。いいでしょ、門倉さん」

その言葉が終わらないうちに、焼き鳥五点盛りです、という声がした。ドアが開くと、皿を運んできたのは奥村社長本人で、さすがに私も驚いた。

「まずは焼き鳥から食べていただかないと、話になりませんからね」どうぞどうぞ、と静子副社長が勧めた。「タレも塩もあるんですけど、今日は地道屋の味を知ってほしいと思って、タレにしたんです。主人が凝り性《しょう》で、毎日毎日作っては味を足したり引いたり。そうねえ、今の味になるまで、二年ぐらいかかったかしら」

いただこう、と私は加瀬と小峠に目配せした。実のところ、私たちは三人とも地道屋の焼き鳥を食べていたし、味もわかっていた。

甘じょっぱい中に独特なスパイシー風味があり、後を引く美味《おい》しさというのも決して大袈裟《おおげさ》ではない。地道屋の急成長の理由のひとつが焼き鳥人気にあるのは、間違いなかった。

それからも明太子《めんたいこ》ドレッシングのサラダや唐揚《からあ》げ、ポテトフライ、チキン南蛮《なんばん》といった料理が運ばれてきた。いわゆる居酒屋の味で、特出したものはないが、コストパフォーマンスを考えれば十分だろう。

その間、具体的な数字を挙げながら、私と静子副社長はサービス面についてお互いの了解点を探っていたが、今日、この場ですべてを決めなければならないわけではなかった。

確認したかったのは、静子副社長がリリービールを取引先として選ぶかどうかで、その答えは挨拶をした時点で出ていた。一時間ほどで、商談そのものは終わった。

詳細はともかく、大筋ではお互いに納得できる形を作ることができるとわかり、私と小峠は安堵《あんど》の息をついた。

「加瀬くん、お味はどう？」静子副社長が加瀬の肩に手を置いた。「どんどん食べてね。若いんだから、いくらでもいけるでしょう？　美味しい？」

美味しいです、と手羽先を頬張りながら加瀬が答えた。

「柔らかくて、食べやすいですね。少し辛口で、ビールにもよく合います」

うなずいた静子副社長が、加瀬の肩を撫《な》でるように手を動かした。

「あたしも大変なのよ。美味しい焼き鳥をお客さんに食べてもらうんだって、主人はそればっかりだけど、結局味って値段なりなのよね。美味しい鶏肉ほど高いの。わかるでしょ？」

「わかります」

主人はそういうところがちょっと、と静子副社長が空いていた左手で自分の頭を指さした。

「価格設定のことなんか、何も考えてないの。あたしだって素人《しろうと》だけど、それなりに勉強したのよ。食材費の割合が高くなったら、全品二百五十円なんて無理じゃない？　でも、いくら言っても聞いてくれなくて」

食材費は売り値の三〇パーセント以内に抑えるのが、飲食店のセオリーだ。焼き鳥二串で二百五十円の定価を維持するためには、鶏肉そのものを七十五円以下で仕入れなければならない。

それ以上の金額、例えば百円になるとすれば、売り値を三百円以上にするしかないが、地道屋の売りは全品二百五十円という格安感にある。

経営の責任者である静子副社長としては、食材費を抑えなければならないが、奥村社長の方はそこを考えていないようだった。

「でもね、焼き鳥に関しては利益率が低くなってもしょうがないかなって。地道屋の焼き鳥は美味しいって評判になって、それでお客さんが来てくれるんだから、そこは割り切って考えればいいって思うことにしたのね」

わかるでしょう、と静子副社長が加瀬のスラックスの上に手を置いた。まばたきを繰り返した加瀬が、もちろんですとビールを勢いよく飲んだ。

「その分、他で利益を出せばいいって、考え方を切り替えたの。料理の方は限界があるけど、ドリンクはどうにでもなる。だから、味付けを濃くしてるの。そうすればお酒が進むでしょ？　これでもいろいろ考えてるのよ。加瀬くんなら、わかってくれるわよね」

ため息をついた静子副社長が、苦労してるのはあたしばっかり、と目元を拭った。ビールをジョッキ半分ほど飲んだだけだが、泣き上戸《じょうご》なのだろうか。

「主人はいいわよ、焼き鳥を焼いてたら、それで幸せなんだから。でも、あたしはね……お店がひとつだけならともかく、五十店舗まで増えちゃうと、責任があるでしょ？　だけど、誰もわかってくれないの」

くれないの、と少女じみた言い方を四十代も半ばの女性がすると、妙な迫力があった。

「リリービールを扱っていただければ、もっと売れると思います。地道屋さんの焼き鳥と、相性もいいようですし」

そう言った加瀬に、ビールなんて何でもいいのよ、と静子副社長がにっこり笑った。

「銘柄にこだわるお客さんなんて、うちの店には来ないいんだし。あたしもね、ブランドが大事かなって思ってたけど、そうでもないのよね。リリービールはビアゴールドと比べて四円も安いし、その分利益が出るから、リリービールにしようって思ったわけ」

どうしますか、と小峠が私の耳元で囁《ささや》いた。

「週明けの月曜に、藤堂部長の了解が取れたら、翌週にでも正式契約を結ぶことができるんじゃないですか？　スケジュールを押さえておいた方がいいと思うんですが」

失礼してトイレに、と加瀬が席を立った。行ってらっしゃいと手を振った静子副社長が、私に向き直った。

「門倉さんが羨《うらや》ましいです。小峠さんも加瀬さんもすごく熱心で、心強いっていうか……お願いがあるんですけど、お二人をうちの担当につけていただけます？　その方が何かといいかなって」

そうしましょう、と小峠が力強い声で言った。

「自分と加瀬で御社の担当を務めさせていただきます。他の条件については、週明けにこちらから改めて書面で提案致します。その後、正式契約を結ぶということでいかがでしょうか」

構いませんと静子副社長が答えたが、ちょっと待ってください、と私は二人の間に入った。

「今日は挨拶だけのつもりでした。私は単なる一課長に過ぎません。御社のご希望は承《うけたまわ》りましたので、会社に持ち帰り、早急に検討します。ただ、来週中というのはちょっと厳しいかもしれません。もう少しお時間をいただければと」

あら、と静子副社長が醒めた顔になった。

「どうしてです？　肝心《かんじん》な卸値については、もう決定と考えていいんでしょう？　他のサービスについて、無理は言いません。できる限りということで結構です。その辺は相談させていただければ……」

今日のところは失礼します、と私は財布を取り出した。

「契約が決まったのならともかく、今は他のお客さんと同じです。会計をお願いできますか？」

鼻から息を吐いた静子副社長が、伝票を取って立ち上がり、トイレから戻ってきた加瀬と入れ違いに個室から出て行った。

いいんですか、と小峠が私の腕を摑《つか》んだ。

「課長、今のはちょっと……地道屋を五年で五十店舗にまで拡大したのは、静子副社長の力です。多少無理を言われても、そこは吞《の》むべきなんじゃないですか？　今の課長の言い方だと、契約を断わったも同じですよ」

ビールなんて何でも同じだと彼女は言った、と私は個室のドアに目を向けた。

「客なら構わないが、経営責任者が取引先のビール会社の営業マンにそれを言うのはまずいだろう。そうじゃないか？　自社の商品を馬鹿にされたのと同じだ。やり手の経営者かもしれないが、そんな人間と仕事をしたいか？」

そうかもしれませんが、と小峠が渋い表情を浮かべた。帰るぞ、と私は席を立った。

ビールを売るのが私たちの仕事だ。だが、ただ売上を増やせばいいというものではない。

ビールなんてどれでも同じだと公言する人間が経営している焼き鳥屋チェーン店が、今後も順調に成長していくとは思えなかった。

過去の経験に照らし合わせても、そういう経営者を相手にビジネスをするのはリスキーだとわかっていた。

ただ、交渉を打ち切った理由は他にもあった。加瀬に対する過度な馴れ馴れしさが、どうしようもなく不快だった。

私たちが三階の地道屋本社を訪れた時から、彼女は加瀬に目をつけていたのだろう。個室で商談をしましょうと言ったのも、加瀬がいたからに違いない。

地道屋の直接の担当は小峠だ。今時珍しいくらい体育会気質の営業マンで、その熱意には静子副社長も感じるものがあっただろうが、男ぶりがいいとは言えない。

その点、加瀬は若いし、人当たりもソフトだ。静子副社長としても、それなりの立場がある私や、ゴリゴリの営業マンの小峠より、加瀬と話していた方が楽しいだろう。その気持ちはわからなくもない。

だが、酒の席とはいえ、加瀬にべたべたと触れていたのは間違っている。男性にとってもセクハラはセクハラだ。

加瀬が我慢していたのは、上司である私や先輩の小峠のためで、もっと言えば会社のためだった。

酔っていたから、というのは言い訳にならない。そんなことが許される時代は、とっくに終わっている。

理屈はそういうことだったが、本音を言えば、私は静子副社長に嫉妬《しっと》していた。仮に、触らないでくださいと加瀬が言ったとしても、こんなオバサンに何を言ってるの、と彼女は笑ってごまかすことができる。

だが、私には言い訳がない。どれだけ加瀬に触れたいと願っても、常識が、世間体《せけんてい》が、法律が、そして何より男同士という壁が、私の願いを阻《はば》んでしまう。

私は彼女に嫉妬し、そのために商談を打ち切ると決めた。ビジネスマン失格と言われても反論できないが、私としてはそうするしかなかった。

なぜなら、加瀬に対して抱いている想いが恋だと、はっきり自覚したからだ。自分でも信じられないが、それこそが私の中にある真実だった。

今日の場を設定するために、どれだけ苦労したと思ってるんですかと小峠がこぼしたが、ぼくは課長の言う通りだと思います、と加瀬がうなずいた。

「副社長が言っていたのは、客には味がわからないってことです。お客さんを馬鹿にしてるのと同じじゃないですか。いずれはそれが伝わって、誰も地道屋に行かなくなりますよ。それに、奥村社長が焼き鳥オタクで、採算を度外視しているのも気になります。目の前の売上も重要ですが、将来性を考えると、地道屋さんとのビジネスを始めるかどうか、改めて慎重に考えるべきなんじゃないですか？」

しばらく考えていた小峠が、そこまで急ぐ必要もないかとうなずいた。話はそれで終わった。

個室を出てレジに回ると、若いバイトの店員が、三千二百四十円になりますと言った。五千円札を渡し、釣りと領収書を受け取って店を出た。静子副社長の姿はどこにもなかった。

〜第四種接近遭遇〜　若きウェルテルの悩み

1

恋。

どうやら私は恋をしているようだ。三十九歳、妻あり、娘あり。十月には四十歳になるこの私が、恋をしている。

妻に対する裏切りであり、娘には詫《わ》びる言葉すらない。妻子がいる身で恋をするなど、あってはならないことだ。

わかっている。人として踏み込んではならない獣道《けものみち》に、私は一歩足を踏み入れていたが、今なら引き返せるし、まだ間に合う。決して遅くはない。

何しろ、恋といっても私の一方的な片思いで、相手は知る由《よし》もない話だ。そして私の中にある恋心を、相手は絶対に気づかない。

なぜなら、私が恋をしているのは男性だからだ。

加瀬夏生、二十八歳。リリーBS社営業二部三課勤務。課長である私より十二歳下の彼こそが、片思いの相手だった。

いや待て、とリビングのテーブルに座ったまま、両手で額《ひたい》を押さえた。

そもそも、これは恋なのか。だいたい、恋とは何なのか。

男性が同性に恋をしてはいけない理由は何ひとつない。男性だから女性に恋をしなければならないということもない。私が加瀬に恋をしても、そこに問題はない。

ただ、一歩引いて考えてみると、私には恋に関する経験も知識も乏《とぼ》しかった。例えば幼稚園の頃、同じ「ほしぐみ」にいた中岡美奈子《なかおかみなこ》ちゃんを好きだったことをはっきり覚えているが、あれを恋とは言わないだろう。少なくとも、現在の私の規準では違う。

美奈ちゃんが大好きだったし、私たちはいつも一緒にいた。幼稚園を卒園する時、みなはトモくんのおよめさんになるの、と彼女も言っていた。だが、あれは恋ではない。

では、私の初恋はいつ、誰に対してだったのか。

正直に告白すると、どうもはっきりしない。あれがそうだったのか、これだったのだろうか、そういう思いはあるが、本当に恋だったのかと自問自答すると、答えはぼんやりしていた。

女性と初めて交際したのは、高一の秋だった。夏休みにバイトしていたファストフード店で知り合った、ひとつ年上の袖山《そでやま》さんだ。

下の名前すら出てこなくて申し訳ないのだが、彼女と付き合い、ファーストキスの相手だったことは間違いない。

だが、あれは恋だったのだろうか。大変失礼な話だが、あの頃の私は十六歳の少年なら誰でもそうであるように、とにかく女性と付き合いたかった。キスとやらをしてみたかった。もっといろいろ違うこともしたかった。ああ、したかったしたかった。

それが悪いとは思っていない。まだ自分には早いと自制するような十六歳の少年がいたら、説教してもいいぐらいだ。

十六歳でそんなに強く自らを律する少年は不気味だし、不健康ですらある。話が逸《そ》れた。私はあの時、袖山さんに恋をしていたのだろうか。好きではあった。大好きだったと言ってもいい。袖山さんのことを考えて、眠れない夜を過ごしたこともある。

だが、あれは恋だったのか。よくよく振り返ってみると、私は恋をしたことがあったのだろうか。

何を言っているんだ、門倉。お前は奥さんと恋をし、愛を育《はぐく》み、結婚したじゃないか。

確かに、私は宏美と出会い、魅《ひ》かれるものを感じ、交際を始めた。それを恋だと言うなら、異論はない。

私たちは恋をし、愛し合い、結ばれた。一生を共にできる相手だと信じ、結婚した。その事実に間違いはなく、あの頃私たちは恋をしていた。だが、月日は流れた。今に至っても宏美に恋をしているのかと問われたら、ええと、少し考える時間をいただけないでしょうか。

開き直るが、それは宏美も同じだろう。出会いから交際期間を経て、結婚し、沙南が生まれてから今日まで、十年の月日が経《た》っていた。

断言できるが、私は宏美を好きだし、愛している。だが、その気持ちは恋ではない。

宏美への想いは家族愛であり、硬く言えば同志的連帯感ということになるのかもしれない。男性、女性という枠《わく》を超えた関係で、広い意味での愛情こそあるが、実態は友情に近かった。

「何をぶつぶつ言ってるの」行かなくていいの、とキッチンの宏美が顔だけを向けた。「トースト、食べないの？　だったら、あたしが食べるけど」

胃の具合がよくない、と手元にあった新聞を二つ折りにした。七月十一日月曜、朝七時。いつもなら家を出ている時間だ。

隣でトーストを食べていた沙南が、いってらっしゃいと手を振った。気をつけてね、と背中を向けたまま宏美が言った。

ジャケットの袖《そで》に手を通し、行ってくると言って玄関を出た。鬱陶《うっとう》しい梅雨空《つゆぞら》が、頭の上に広がっていた。

2

富士見ヶ丘の自宅マンションからリリーBS社がある銀座までは、急行に乗り換えればドアトゥードアで一時間ほどだ。

いつもなら通勤カバンから本を取り出し、それを読むのだが、今日はそんな気になれなかった。

恋とは何か。愛とは何か。四十日前の中年男が、部下の男性に恋をするとは何事か。加瀬に対するこの気持ちは、本当に恋なのか。そんなことを考えていたら、あっと言う間に渋谷駅に着いていた。

地下鉄に乗り換え、銀座駅で降り、いつものファストフード店でコーヒーを飲んでいると、九時二十分になった。何の結論も得られないまま、会社へ向かってとぼとぼと歩きだした。

課長席に座ると、小峠以外の課員全員が顔を揃《そろ》えていた。月曜は定例の朝会があるためだ。

「小峠は？」

誰にともなく聞くと、連絡は入ってませんと永島係長が表情のない顔で言った。いつものことでしょう、と言いたげな様子だった。

係長だったら、私もそんな顔をしていたに違いない。だが、現実には課の責任者である課長というポジションにいる。

困った奴だとつぶやいて、デスクの電話で小峠のスマホの番号を押したが、応答はなかった。電車に乗っていて、電話に出ることができないのか、それとも寝坊か。

困った奴だともう一度つぶやいて、受話器を置いた。本当のところ、それほど困ってはいなかった。

はっきり言えば、朝会は形骸化《けいがいか》した慣習で、必要性はほとんどない。小峠がいなくても特に問題はないので、全員を促《うなが》して会議室に入った。

朝会の最後に報告をしたのは加瀬だった。金曜の地道屋との交渉について話していたが、課長の私と直接の担当者の小峠も一緒だったから、単なる報告に過ぎない。

話し終えた加瀬に、ちょっともったいないかも、と理水が囁《ささや》いた。取引を中止すると決めたわけじゃないんだ、と加瀬が小声で説明している。

年齢が近いこともあり、友人同士のような話し方だった。時代は変わった、と私はため息をついた。

加瀬が安河商事からうちの会社に移ってきて、まだひと月ほどしか経っていない。同年齢だろうが年下だろうが、私ならしばらくは丁寧語《ていねい》を使っただろう。それが気遣《きづか》いというものだ、と教えられた最後の世代が私たちだった。

もっとも、理水だからということもあるのかもしれない。理水は美人といっていいルックスの持ち主だが、さっぱりした性格で、話しやすいところがあった。

仲良きことは美しきかな、という武者小路実篤《むしやのこうじさねあつ》の有名な言葉があるが、会社で最も重要なのは人の和で、加瀬と理水がフレンドリーな関係を築いているのは、課長として喜ぶべきことだった。

そう思っていたが、どこか釈然《しやくぜん》としない思いもあった。古いことは言いたくないが、いくら同じ歳《とし》でも、男性と女性が話す時には、もっと節度があってしかるべきではないのか。

中学や高校のクラスメイトではない。ここは会社なのだ。

もっと率直に言えば、加瀬と理水は必要以上に親しい感じがした。見た目もバランスが取れているし、付き合っていると言われれば、お似合いだとうなずくしかない。

今に限ったことではなく、二人の会話は自然で、ぎこちないところがなかった。なおかつ、加瀬も理水も笑顔だったが、それも私を苛立《いらだ》たせていた。

嫉妬《しつと》だ、とわかっていた。ストレートに加瀬と接する理水に、私は嫉妬していた。

そして、理水の側には加瀬への好意が確実にある。それがわからないほど、私も間抜けではない。

本来なら、上司である私は温かく見守るべき立場なのだが、嫉妬という醜《みにく》い感情が心の中で渦巻《うずま》いていた。いい歳をして、何をしているのか。情けない。

「何かありますか、課長」

加瀬の声に顔を上げた。全員が私を見ている。すまん、と肩をすくめた。

「ちょっと別件を考えていて……何の話だ？」

週末の出張の件です、と加瀬が言った。

「金曜から山梨でビールフェスティバルが始まりますが、小峠さんとぼくで行きます。それについて、何かあればと思ったんですが」

数年前から、山梨県甲府《こうふ》市がこの時期に国内四大メーカーを中心としたビール会社数社の協賛による三日間のビールフェスティバルを町興《まちおこ》しの一環として開催しているが、リリーBS社も参加していた。

もう少し詳しく説明すると、協賛しているのはリリービール本社で、リリーBS社はオブザーバーに過ぎない。ただ、ビールフェスティバルの二日目、土曜に甲府市の飲食店組合がゴルフコンペを開くのだが、それにリリーBS社の社員が出ることは慣例だった。

一昨年《おととし》は私、去年は永島さん、そして今年は小峠が甲府へ行くことになっていたが、加瀬を一緒に連れていきたいと相談されたのは先々週のことだ。

顎足《あごあし》は本社持ちだし、ビールフェスティバルは山梨県下の酒屋、飲食店など関係者が一堂に会する場でもある。加瀬を紹介するにはベストじゃないですか、というのが小峠の言い分だった。

いい機会だと私も思った。三課の担当エリアは新潟、長野、山梨で、いずれは加瀬にもどこかを任せようと考えていたし、入社ひと月では早いかもしれないが、小峠が一緒ならフォローできる。

その時まで私も聞いていなかったが、大学時代、加瀬はゴルフ同好会に所属していて、ハンデは11だという。さすが慶葉ボーイ。

イメージだけで言うと、加瀬はどこから見ても文化系だが、商社マンだったのだから、ゴルフは嗜《たしな》みのひとつだろう。

私は仕事だからやっているものの、正直なところそれほど好きでもなかったし、永島さんは私以下、小峠は下手《へた》の横好きで、私たち三課はどこのコンペでも良くてブービー賞、悪ければビリが指定席だったから、加瀬には期待していた。

「そうだったな。いや、特に何もない。ビールフェスティバルは、ビジネスの場というより懇親会《こんしんかい》に近いから、初出張としてはちょうどいいんじゃないか？」

朝会はきっちり一時間で終わった。会議室を出ようとした時、足が勝手に止まった。背後から、三丁目に欧風《おうふう》カレーの店ができたの、という理水の弾《はず》んだ声が聞こえていた。

「行きたいなって思ってたんだけど、一人だと入りづらくて……加瀬くん、一緒にどう？」

小峠さん次第だな、と加瀬が答えた。

「あの人、気まぐれなところがあるだろ？　出社したら、いきなり外回りに行くぞってことになるかもしれない。何もなければ、全然オッケーだよ」

男女は平等であるべきだ、と私は信じている。だが、世の中変われば変わるものだ。女性社員の方から男性社員をランチに誘うなど、私の若い頃にはあり得なかった。

いや、あったのかもしれないが、私を誘う女性はいなかった。いかん、涙が出てきた。

加瀬も加瀬だ、と背後に目を向けた。午前十時半は明確かつ絶対に間違いなく勤務時間で、同僚の女性社員とランチの相談をする時間ではない。

二人が会議室を出るのを待って、私はその場で小峠に電話を入れた。お前は後輩の教育にもっと力を注《そそ》ぐべきだ。甘やかしてどうする。しっかりしろ、小峠。

加瀬と理水が二人で欧風カレーの店へ行くことなど、許されるはずもない。断固阻止だ。

加瀬と二人でラーメンでも食ってろ、と命じるつもりだったが、小峠は電話に出なかった。いったい何をしているのか。

冬のボーナスはゼロだ。いや、一生タダ働きだ。万死に値《あたい》する。

使えない奴だ、とゴミ箱を蹴《け》りあげたが、足が痛くなっただけだった。

3

小峠からの連絡がないまま、昼の十二時になった。永島さんは朝会の後、別の会議に入っていたし、渚と真里も挨拶《あいさつ》回りのため、少し前に会社を出ていた。

理水が肩をつつくと、行こうか、と加瀬が立ち上がった。これだけはやりたくなかったが、仕方ない。

メシに行くのか、と何げない風を装《よそお》って二人に声をかけた。

「あたしたちだって、お昼ぐらい食べに行きますよ」

ねえ、と同意を求めた理水に、加瀬が笑《え》みを浮かべた。

「欧風カレーの新しい店ができたそうです。三丁目なんで近いですし」

カレーか、と私はデスクを離れ、二人の肩を叩《たた》いた。

「ちょうどよかった。おれも朝からカレーの気分だったんだ。カレーって、そういうところあるだろ？　カレーの口になるっていうのかな」

ありますね、と加瀬が言った。理水が私と加瀬を交互に見つめていたが、気づかないふりをして、おれも行くよ、と椅子《いす》の背にかけていたジャケットを取った。

「欧風カレーか、考えただけで、ますますそういう気分になってきた。いいよなあ、カレー」

少しだけ理水の顔が曇《くも》ったが、じゃあご一緒に、と先に立って廊下に出た。

「でも、それなら課長にごちそうになるってことでいいんですよね？」

値段による、と私はエレベーターのボタンを押した。欧風カレーというのは高い気がした。三人分となると、財布に厳しいかもしれない。

エレベーターに乗り込み、一階まで降りた時、私のスマホが鳴った。着信表示、小峠。

「お前、何してるんだ？　月曜だぞ？」

会社の外に出たところでスマホの画面をタップすると、いやちょっと、と頼りない声がした。

「ちょっともそっともあるか。朝会に出ないなんて、どういうつもりだ？」

前を歩く二人に続きながらスマホを耳に押し当てると、いやそれが、と小峠が弱々しい声を上げた。

「今、病院なんですよ」

「病院？」

私の声に、加瀬と理水が振り返った。腹でも壊したかと言った私に、違いますよと小峠が暗い声で言った。

「おたふく風邪《かぜ》だそうです」

何を言ってる、とスマホを持ち替えた。おたふく風邪は子供がかかる病気だろう。

嘘《うそ》じゃありません、と小峠が声を高くした。

「土曜の夜から熱が出て、耳の下も腫《は》れてて、今朝は八度九分まで上がったんです。慌《あわ》てて病院へ行ったら、おたふく風邪ですねって……医者の話だと、稀《まれ》にですが大人でもないわけじゃないそうです」

どうしました、と加瀬が近寄ってきた。小峠がおたふく風邪らしい、と私は首を捻《ひね》った。

「信じられないが、あいつもそこまで馬鹿じゃないだろう。寝坊だったら、もうちょっとましな言い訳をするはずだ」

聞いてますか、とスマホから小峠の声がした。

「いや、参りましたよ。頭は痛いし、熱は上がる一方だし……医者から、数日外出禁止と言われました。会社に行ったら、ウイルスを撒《ま》き散らすようなものだって」

来なくていい、と私は冷たい声で言った。伝染《うつ》されたら迷惑だ。

もっとも、私は幼稚園の頃になっていたから、大丈夫だろうと思っていたが、再感染することもあるそうですと小峠が言った。ますます来なくていい。

「そういうことで、しばらく休みます。ただ、金曜から甲府で例のビールフェスティバルがありますよね。おれと加瀬で行くことになってましたけど、ちょっとこの調子だと無理そうなんですよ」

ビールフェスティバルは山梨県の飲食店、各ビール会社、そして一般客も来場するイベントだ。

三日間で一万人の集客を見込んでいるというが、そんなところにおたふく風邪のウイルス保菌者を行かせたら、リリーBS社がどれだけ叩かれるかわからない。一般客の中には子供もいるのだ。

「でも、ゴルフコンペがあるわけで」小峠が大きなため息をついた。「おれと加瀬、二人で申し込んでいます。何しろゴルフですから、四人揃わないとまずいでしょ。申し訳ないんですけど、課長か永島係長にピンチヒッターをお願いできないですかね」

簡単に言うな、と私はスマホを手で押さえた。

「一泊の出張といっても、土曜帰りだろ？　おれだって永島さんだって、家族持ちだ。予定だってある。無理だよ」

藤堂部長でもいいんですけどと小峠が言ったが、それも難しいだろう。だいたい、あの人はゴルフ嫌いで有名だ。

何とかならないですか、と小峠が訴えるように言った。

「おれの組に甲州ワインの老舗《しにせ》、白樺社《しらかばしゃ》の社長が入ってるんです。来年から、あそこは地ビールの販売を始めるんですけど、流通ルートがないんで、どこか大きいメーカーと組みたがってると聞いてます。今時、グリーン上でビジネス話をするなんて、なかなかないですけど、白樺社の社長は御年《おんとし》七十五歳ですからね。他のメンバーは松本《まつもと》の酒屋と甲府市内のキャバクラの店長なんで、チャンスなんですよ」

ちょっと考えさせてくれ、と私は言った。ビール販売会社にとって、山梨県は大きなマーケットと言えないが、それでも県は県だ。

白樺社と組めば、新たなビジネスチャンスも生まれるだろう。予定がどうの休みがどうの、と言っている場合ではないかもしれない。

「悪い、先に行っててくれ」私は加瀬と理水に状況を説明した。「部長と話さなきゃならない。すぐ追いかけるから、何だったらおれの分も注文しておいてくれないか。メニューは任せる」

無理しないでください、と理水が嬉《うれ》しそうに言った。

「カレーなんて、いつでも食べられます。もともと、あたしは加瀬くんと行くつもりだったわけですし」

スマホを握ったまま、理水を見つめた。笑顔だったが、どこか言い方に険《けん》があった。私が邪魔だと言わんばかりだ。

ライバルを蹴落《けお》としてでも、想い人を独占したい。そんな雰囲気すらあった。ランチであっても、二人だけというシチュエーションを望んでいるのだろう。

それはいいとしても、理水の目が気になった。私に対し、何らかの疑いを持っているような視線。私の加瀬への想いに、理水は気づいているのかもしれない。

先に行っててくれともう一度言って、回れ右をした。今は藤堂部長と話す方が先だ。

金曜からの出張で、ゴルフも絡《から》んでいる。大至急というわけではないが、直接話した方がいい。

社のエントランスの前で振り向くと、加瀬と理水が肩を並べて歩いていく後ろ姿が見えた。悔《くや》しいが、似合いの二人だった。

4

夕方、帰社した永島さんに小峠のおたふく風邪と甲府でのゴルフコンペについて事情を説明した。

「藤堂部長はスケジュールNGでした。金曜の夜、本社の役員と会合が入っているとかで……渚も由木もゴルフはしませんし、それは織田も同じです。そうなると、ぼくか永島さんしかいないんですよ」

土曜は妻の実家に行くことになっています、と永島さんが肩をすくめた。

「それに、接待ならともかく、商談込みのゴルフだと私には無理ですよ。下手なのは課長だって知ってるでしょう？　ベストスコアは一三八です。コースを右往左往していたら、ビジネスの話なんかできません。課長が行ったらどうです。それで話は丸く収まるんじゃありませんか？」

そうなんですが、と私は首を傾《かし》げた。金曜、ローストチキン専門店のバイヤーと夕方から打ち合わせがあり、そのまま店で飲むことになっていた。ただ、キャンセルはできる相手だ。

「小峠くんがおたふく風邪、藤堂部長は会食、わたしが行ったんじゃ足手まとい」他の課員はゴルフをやりません、と永島さんが右手の指を順番に折った。「白樺社の社長との商談は、加瀬にはまだ無理でしょう。結局、課長しかいないんです」

わかりきった話でしょう、と永島さんが表情を変えずに言った。そうかもしれませんと答えながら、私はデスクの下で強く手を握った。

小峠がおたふく風邪にかかったのは偶然だが、優秀なビジネスマンは偶然をチャンスに変える。これは天から与えられたチャンスだ。

そうに違いない。一泊二日、加瀬と過ごすためのギフト。

とはいえ、急《せ》いては事を仕損じるという。焦《あせ》って無理を押すわけにはいかない。

甲府へはおれが行く、と独断で決めれば、何かおかしいと思う者がいるかもしれなかった。

恋する女性の直感なのか、理水は私の加瀬への想いに気づいているようだ。自然な形で加瀬と出張するためには、他に誰もいないから、という理由がなければならない。

金曜、藤堂部長に会合の予定が入っていることは、前に聞いていた。永島さんに相談しても、断わられることは想定済みだった。

他の課員はゴルフをしない。そうであれば、私が行くしかない。その流れを作ることが重要だった。

参ったなあ、と私はぼやいた。

「こちらの都合でキャンセルするというのは、どうも気が引けます。どうでしょう、やはりここは係長に行ってもらった方が……」

無理ですと言ったきり、永島さんが口を閉じた。仕方ありませんね、と私は顔をしかめた。

やむを得ず、仕方なく、義務として、会社のために私が行くしかない。

そういうわけで、加瀬と二人で甲府へ出張することが決まった。くれぐれも言っておくが、決して本意ではないのですよ。いやホントに。

5

七月十五日、金曜日。

午前十時、新宿《しんじゅく》駅で加瀬と落ち合い、中央本線で一路甲府へと向かった。

一泊の出張だから、下着の替えぐらいは持っていたが、それ以外はいつもと何ら変わらない。私も加瀬もスーツ姿で、カバンも普段と同じだった。

ゴルフバッグやウェアは、甲府駅近くにあるナイアガラホテルに、宅配便で送っていた。宿の手配は小峠が済ませていたので、その辺りは楽だった。

ナイアガラホテルはリリーBS社の社員が山梨へ出張する際の定宿だ。ビジネスホテルだが、朝食バイキング付きで、事前に予約しておけば、別料金だがホテルの大食堂で夕食を摂《と》ることもできる。

源泉かけ流しの天然温泉大浴場もあって一泊一万円、駅から歩いて五分ほどなので、便利かつコストパフォーマンスのいいホテルだ。

新宿から約一時間半で甲府駅に着くが、そのままビールフェスティバル会場へ向かう予定だった。関係者に挨拶し、加瀬を紹介すればそれで仕事は終わる。

むしろ、明日のゴルフコンペとその後の懇親会の方が重要だったが、白樺社の社長とは面識もあったし、親睦《しんぼく》を深めるための会合だから、それほど構える必要はなかった。

にもかかわらず、私は緊張していた。特急列車の座席に、加瀬と並んで座っている。会社にいる時とは違い、二人だけだ。

うまく、自然に話せるだろうかという不安もあったが、同時に加瀬を独占しているという喜びもあった。アンビバレンツとは、こういう状況を言うのではないか。

定刻通り、特急列車が発車した。七月半《なか》ば、きれいに空は晴れていた。

今から一時間半、加瀬と二人だけで過ごす。その後も二人で行動し、夜は同じホテルに泊まる。

昨夜はそればかり考えて、寝るのが遅くなってしまった。これでは、遠足を翌日に控えた小学生と変わらない。

「小峠さんが手配をしてくれてたんで、助かりましたね」

そう言った加瀬に、まったくだ、と私はうなずいた。

小峠には面倒見のいいところがある。加瀬にとってリリーBS社入社後初の出張ということもあり、中央本線の切符、ホテルの予約についても、小峠がすべて済ませていた。

改めて、小峠に感謝した。これ以上ないベストなタイミングで、おたふく風邪にかかってくれた。小峠の冬のボーナスは、最高のAランクに査定しよう。

ただ、一時間半というのはそれほど長い時間と言えない。山梨の名物料理〝ほうとう〟

を食べたことがないという加瀬に説明していると、あっと言う間に甲府駅に着いた。

予定通り、駅前からタクシーでビールフェスティバルが開催されている白坂台《しらさかだい》総合公園へ向かった。駅から二キロほどの距離だが、歩くには少し遠かった。

さすが山梨というべきか、白坂台総合公園はとにかく広いことで知られている。二万平方メートルの広場がいくつもあり、家族連れのピクニックや、スポーツも楽しめるし、公園全体の外周は一周五キロのジョギングコースになっていた。

ビールフェスティバルはメイン広場であるスマイルパークで行なわれていた。今日から三日間、県下の飲食店がブースを出店し、夜にはビアガーデンもオープンし、バーベキュー大会も開催される。

今年のブースの数は百以上だと小峠から聞いていた。一昨年は七十ほどだったから、年々増えているようだ。

ならして言えば、年に二度ほど山梨に出張していたから、知っている店、知った顔も多い。ほとんどのブースに、知り合いがいた。

今日の私の役目は、加瀬を各飲食店のオーナーや店長に紹介することで、今後もよろしくお付き合いくださいと頭を下げ続けた。

元商社マンだから、加瀬もその辺りの呼吸は心得ていた。名刺を交換すると、その裏に相手の印象や特徴をメモしていたが、それは安河商事にいた頃からの習慣のようだった。

ただ、何しろブースは百以上ある。他社の営業マンもいた。会社的に言えばライバルだが、現場では助け合うこともある。親しくなっておいて損はない。

まだ加瀬を大きな会合に連れていったことはなかったから、ほとんどが初対面だ。紹介にはそれなりに時間もかかるし、会場内では歩く以外移動手段がないから、夕方近くになると足が棒のようになっていた。

日暮れが近づき、会場内でライトアップが始まった。そろそろ戻ろう、と私は言った。

通常の出張だと、むしろ夜の付き合いの方がメインで、市内の飲み屋を中心に、新規の店を回るのだが、明日はゴルフコンペがあるので、特にアポは取っていなかった。

大混雑している公園から出るだけでもひと苦労だったが、運よく停まっていたタクシーを捕まえることができた。

十分もかけずにナイアガラホテルに帰り、フロントで小峠の名前を言うと、承《うけたまわ》っておりますと年配のホテルマンが恭《うやうや》しく頭を下げて、こちらにサインを、と一枚の紙を差し出した。リリーBS社門倉と書いて戻すと、カードキーを渡された。

「彼の部屋は？」

加瀬を指さすと、ホテルマンが怪訝《けげん》そうな表情を浮かべた。

「小峠様はネットで予約を取っておられまして……和室をご用意させていただいておりますが」

シングル二部屋のはずではと言ったが、確認すると、小峠が予約していたのは和室一部屋だとわかった。あのバカ、と私はつぶやいた。

小峠は加瀬と一緒に甲府へ出張するつもりで、ホテルの予約をした。年齢もそれほど離れていないし、男同士だ。同室で十分だと思ったのだろう。

出張には手当も出るし、宿泊費も支給される。二名以上の出張の場合、リリーBS社では、一人一室のシングルルームという設定で経理が金額を計算することになっていた。

シングルルーム二部屋より、二人で一部屋の方が宿泊費は安くなる。厳密に言えば会社の規定に反しているが、その辺りは何となくスルーされるのが常だった。

セコいと言えばセコい話だが、サラリーマンなら誰でも覚えがあるのではないか。課長になるまでは、私も似たようなことをしていた。

「おれは構わないけど、加瀬はいいのか？　つまり……課長と同室っていうのは、気詰《きづ》まりじゃないか？」

シングルルーム二部屋に変更できないかと尋ねたが、ホテルマンが厳《おごそ》かに首を振った。

「申し訳ありませんが、本日はビールフェスティバルのお客様と団体旅行のお客様が重なっておりまして、当ホテルは満室でございます」

気にしないでください、と加瀬が横から言った。

「むしろ、その方がいいぐらいです。明日はゴルフで、食事をしたら、風呂に入って寝るだけじゃないですか。二人一緒なら、寝坊の心配もないですし」

それもそうだな、と平静を装って私はうなずいた。想定外の事態に動揺していたが、それを遥《はる》かに上回る歓喜があった。

何かが私と加瀬の距離を縮めようとしている。そう思わざるを得ないほど、すべてが都合よく進んでいた。

カードキーを受け取り、五階の部屋に入ると、畳敷きの和室だった。広さは十畳ほどだろうか。部屋の中央に、大きめの和卓と座椅子が置かれていた。

バス、トイレ、そして半分開いた障子《しょうじ》の向こうに、板敷きの広縁《ひろえん》があった。籐《とう》製の小さなテーブルと椅子が二脚あったが、入浴後にビールを飲むのにふさわしい造りだ。

六時半か、と腕時計に目をやった加瀬が、和卓の上にあったポットでお茶をいれた。

「どうします、課長。ちょっとお茶でも飲んだら、大食堂に行きましょうか」

夕食は二階の大食堂で摂ることに決めていた。外へ出るのは億劫《おっくう》だ、ということもあり、チェックインの時に予約を入れていた。

そうしようとうなずいて、私はトイレに入った。和室だが、トイレは洋式だ。

便座に座り、顔を両手で覆《おお》った。信じられない。夢ではないのか。

まるで新婚旅行、いや、愛人とのお忍び旅のようだ。お茶をいれていた加瀬の顔を思い浮かべながら、ハンカチを口に押し当て、歓喜の雄叫《おたけ》びを上げた。そうする以外、この喜びをどう表現すればいいのかわからなかった。

まるで加瀬は甲斐甲斐《かいがい》しく夫の世話をする新妻のようだった。もしくは、今夜ひと晩だけ、恋する男と過ごす幸せを噛《か》みしめている愛人と言うべきだろうか。

それは私の思い込みで、そんなつもりが加瀬にないことぐらいわかっていた。上司と同室になれば、誰だってお茶ぐらいいれるだろう。

わかってはいたが、叫ばずにはいられなかった。加瀬が私のために、お茶をいれている。食事に行きますかと言っている。

気づくと、涙がひと筋こぼれていた。どうしました、という遠慮がちな加瀬の声がした。

「大丈夫ですか？　何かその、呻《うめ》き声っていうか……」

何でもない、とハンカチを口から外《はず》して大声で答えた。ドアを開けると、ワイシャツ姿で浴衣《ゆかた》と丹前《たんぜん》を抱えた加瀬が立っていた。

「このホテルに泊まったことがないんで、よくわからないんですが、大食堂ってことは他のお客さんもいるんですよね？　スーツを着て行った方がいいんですか？」

宿泊客はみんな浴衣でうろうろしているよ、と私は笑った。どこか心配げな加瀬の表情には、守ってやりたいと思わせる何かがあった。

「地方のビジネスホテルは、どこだって似たようなものだ。気になるなら、ワイシャツとスラックスでもいいが、おれは浴衣派だな。その方が楽だ」

それなら着替えますとうなずいた加瀬が、スラックスのベルトに手を掛けた。いかん、と置いてあった浴衣を摑《つか》んで、私はトイレに戻った。

「どうしました、課長？」

「つまり、その……腹が痛くなった。ちょっと待っててくれ」

了解です、という返事があった。私は便座に腰を下ろし、ワイシャツのボタンを外し始めた。加瀬の目の前で着替えるなど、恥ずかしくてとてもできなかった。

6

夜七時、二階の大食堂に下りて夕食を摂った。夕食といっても、どこにでもあるメニューが並んでいるだけだ。刺身定食、トンカツ定食、カレー、パスタ、ｅｔｃ。

そもそも、ビジネス目的の客はホテルで夕食を摂らない。出張で来ている者なら、商談を兼ねて取引先と飲みに行く。

普通の出張だったら、私もそうしていたはずだが、今回は事情が違った。最大の目的は、明日のゴルフコンぺだ。

私の組のスタートは朝八時二十分、加瀬は八時五十分だった。ゴルフ場はホテルから車で三十分ほどの甲快《こうかい》カントリーだから、特に早起きをしなければならないわけではないが、明日に備えて早めに寝るつもりでいた。

ビジネスホテルの夕食だから、特に美味《うま》い料理があるわけでもない。一時間もかけずに食事を終え、そのまま部屋に戻った。

ドアを開けると、和卓が片付けられ、部屋の真ん中に二組の布団《ふとん》が敷いてあった。五〇センチほど離れていたが、男女客ではないのだから、ぴったりくっつけて敷くはずもない。とはいえ、私にとっては微妙な距離だった。

お疲れですか、と加瀬が布団の上に胡座《あぐら》をかいた。歩いてばかりだったからなと答えると、ぼくもです、と頭を掻《か》いた。

「結構歩きましたよね。食事の時、あまり話さなかったのは、疲れてるせいかなって」

まあそうだとうなずいたが、実際は違った。刺身を食べながら考えていたのは、夕食を済ませた後どうするか、何よりも入浴のことで頭が一杯だった。

ナイアガラホテルは六階建てで、六階に男性用、女性用それぞれの大浴場がある。前に泊まったことがあったから、それはわかっていた。入ったこともある。

ただし、部屋にも小さなバスルームがついていた。狭《せま》いし、カップルでもない限り、二人で入ることはないだろうが、それでも風呂は風呂だ。

大きな湯船にのんびり浸《つ》かりたいのは、日本人の本能だろう。しかも源泉かけ流し、本物の温泉だ。

日本中、どこへ出張しても、温泉がある限りそこに入るのが私の習慣だった。入らないと損した気分になる。

ただ、問題があった。風呂に行こう、と加瀬を誘ってもいいのか。

小峠なら、何も考えずにそう言っただろう。いや、先に行ってますと部屋を飛び出すのが小峠という男だ。

渚だとしてもそれは同じで、誘わない方が不自然かもしれない。

だが、加瀬と一緒に大浴場へ行くのは抵抗があった。何と言うか、裸体を見たいという不埒《ふらち》な欲望があるようではないか。

そうではない。断じて違う。純粋な想いで、私は加瀬と大浴場へ行きたかった。

性欲とか、そういういやらしい、あるいはやましい気持ちからではない。それだけは信じてほしい。

別に誘ってもいいじゃないか、門倉。そこに山があるから登ると登山家は言うが、そこに大浴場があるから入るのと、どこが違う？

男同士なんだ。大浴場へ行こうと誘って何が悪い？　そうじゃないか、門倉。

裸の付き合い、という言葉がある。課長も平もなく、年齢も関係なしに、腹を割って話せる関係。それこそがサラリーマンの理想だ。

理論武装は完璧《かんぺき》だったが、どうしても〝風呂でも行くか〟と言えなかった。食事をしている間、黙っていたのはそのためだ。

加瀬に本心を見抜かれるのが怖かった。誘うのは簡単だが、心のどこかに、別の感情があるのは否定できない。

自分の汚い部分を、加瀬に知られたくなかった。恋をすれば、誰でもそうだろう。そのために、身動きが取れなくなっていた。自縄自縛《じじょうじばく》とは、まさにこのことだ。

とはいえ、夕食を摂ったら、休憩を挟《はさ》んで風呂に入るというのは、日本人の常識でもある。

部屋に風呂がついていると言っても、大浴場があるのだから、誘わないのもおかしいだろう。

何かうまい口実はないかと、脳内を検索してみたが、かっちりはまるワードは出てこなかった。

風呂に行くぞ、では命令だし、風呂に行くのはどうでしょうかと下手《したて》に出るのも変だ。かといって、強引に腕を掴んで大浴場に連れ込めば、ほとんど犯罪に近い。

一緒に入ろう、とにっこり笑うのは、カップルにのみ許される。何かないか。何かうまい誘い方は——

「大浴場に行きませんか」

顔を上げると、湯呑《ゆの》みに手を掛けた加瀬が、ちょっと腹がこなれたらですけど、と微笑《ほほえ》んだ。

「ぼくの世代だと、銭湯に行く機会なんてめったにないんですけど、逆に言うと大きな湯船に憧《あこが》れがあるんです。しかも温泉ですからね、入らないともったいないですよ」

私の実家は無宗教だし、日頃神について考えたことなどなかったが、この時私は神の存在を確信した。ミナサン、カミサマハイルノデス。

加瀬を大浴場に誘うのを躊躇《ちゅうちょ》していたのは、もうひとつ理由があった。拒否された時のことを考えると、怖くて言い出せなかった。

門倉課長と大浴場へ行くのはちょっと、と言われたら、それは絶望的な拒絶だ。今まで私たちの関係は良好だったが、今後は話すことさえできなくなるだろう。

好きになってもらえなくてもいい。ただ、嫌われたくない。恋をしている者は、最終的にその場所へたどり着く。

だから、彼ら彼女らは何も言えなくなる。見ていることしかできなくなる。

だが、加瀬の方から私を誘ってくれた。少なくとも、彼は私を嫌っていない。それだけで体が震えるほどの喜びがあった。

それからしばらく世間話をした後、そろそろ大浴場へ行くかと私から誘った。部屋に置かれていた入浴セット一式を抱えて部屋を出て、エレベーターまで並んで歩いた。この一〇メートルを、私は一生忘れないだろう。

加瀬がエレベーターのボタンを押した時、まずい、と私は頭に手を当てた。

「小峠に電話を入れるのを忘れてた。先に行っててくれ、すぐ終わる話だ」

うなずいた加瀬がエレベーターに乗り込み、ドアが閉まった。階数表示が6になったことを確かめてから、私は通路を全速力で走って部屋に飛び込んだ。

誰もいない部屋で、思い切り大声でバンザイと叫んだ。日本人でよかった。この国に生まれてよかった。温泉天国ニッポン、バンザイ！

踊りながら部屋中を駆け回り、バンザイを繰り返した。もし誰かが見ていたら、確実に警察に通報されただろう。

ヴィクトリーランを走り終えた金メダリストのように、高々と両手を突き上げ、魂《たましい》のバンザイ三唱をした。足が止まったのは、息が切れたためだった。

7

大浴場に入ると、そこに数人の客がいた。加瀬は、と辺りを見回すと、湯船に浸かってタオルを頭に載せている背中が見えた。

ナイアガラホテルの大浴場には大きな窓があり、そこから外を見下ろすことができる。

何があるというわけでもないが、湯船の中にいる他の客たちも、それぞれ窓から外を眺めていた。

シャワーで体に湯をかけ、備え付けのボディソープで体を洗った。いつもなら、気持ち程度に湯を浴び、そのまま風呂に飛び込むのだが、何となく憚《はばか》られるものがあった。

「背中、流しましょうか」

振り向くと、入浴セットの中にあったタオルに、加瀬がボディソープを染《し》み込ませていた。

腰回りにタオルを巻いてこそいたが、いきなり裸の加瀬が目の前に現われたことで動揺してしまった私は、そんなことしなくていい、と慌てて目をつぶった。

「昭和の野球部じゃないんだぞ。先輩、お背中流しますなんて、今じゃ誰もしない。下手したらパワハラだ」

目を開けると、そうでもないみたいですよ、と加瀬が左側を指さした。二十代の若い二人の男が、大声で笑いながらお互いの体にシャワーの湯をかけ合っていた。

あれは大学生だろう、と私はプラスチック製の椅子に座り直した。

「最近の若い連中は、マナーがなっていないな。子供じゃないんだ、こういう大浴場が遊び場じゃないことぐらい、わかるだろう」

楽しそうでいいじゃないですか、と加瀬が私の背中にタオルを当てて、こすり始めた。

「課長はスポーツをしてたんですか？　肩の筋肉が凄《すご》いですね」

高校までラグビーをやっていた、と私は言った。それなりに強豪校で、ずいぶんしごかれたものだ。

大学に入ってから、まともにスポーツをやったことはないが、若い時の貯金は残っているもので、パパってカッコいいよね、と沙南にも去年までは誉《ほ》めてもらったものだ。

そういえば、小学校に上がってからは、何も言ってくれなくなったが、あれはなぜなのか。父親と娘の関係は難しい。

「もう十分だ。部下をこき使っているみたいで、どうも落ち着かない」今度はお前だ、と隣にあった椅子に加瀬を座らせた。「楽明《らくめい》高校ラグビー部仕込みの洗い方を教えてやる」

体を洗うのにラグビー部も伝統も何もないが、そんな言い訳でもないと、加瀬の体に触れることができなかった。お願いします、と加瀬がうなずいた。

加瀬の背中を見つめた。痩《や》せていると思っていたが、着痩せするタイプだとわかった。意外なほど広く逞《たくま》しい背中には、染みひとつない。すべすべとした滑《なめ》らかな肌は、彫刻のように美しかった。

左手で肩を押さえ、右手のタオルでこすっていったが、肌の張りが水を弾《はじ》いた。私が失ってしまった若さがそこにあった。

ちょっと痛いですね、と加瀬が顔だけを向けた。

「やっぱりあれですか、ラグビー部の洗い方っていうのは、荒っぽい感じなんですか」

すまん、と私は力を緩《ゆる》めた。無意識のうちに、腕に力が入っていたようだ。

「うちの高校の伝統でね。ソフトタッチじゃ体に染みついた泥は落とせないって、先輩たちは言ってたよ。だけど、考えてみればそんな必要はないよな。今日はただ歩き回っていただけで、運動したわけでもないんだし」

さっぱりしますよ、と慰《なぐさ》めるように加瀬が言った。それが私の限界だった。後は自分で洗え、とタオルを渡した。

「……湯当たりしたようだ。先にあがってるから、お前は温泉を堪能《たんのう》してこい」

大丈夫ですかと立ち上がった加瀬が、私に体の正面を向けた。

「湯当たりって、まだ湯船に浸かってもいませんよね……課長？」

目をつぶったまま、引き戸を開けて脱衣所に飛び込んだ。心臓が凄《すさ》まじい勢いで鳴っている。加瀬の裸身が目に焼き付いて離れなかった。

8

急いで着替えを済ませ、部屋に戻った。並べて敷いてある二組の布団が、なまめかしく私の目に映った。

仮に、と五〇センチほど離れていた布団の位置を近づけてみた。完全に接するように敷いたら、おかしいだろうか。何か不都合はあるのか。

少し離れて二組の布団を見ると、明らかに変だった。これは新婚カップルの布団の配置で、出張に来た二人のサラリーマンはこんな形で寝たりしない。

だが、五〇センチというのは、いかにも他人行儀ではないだろうか。加瀬が大浴場から戻ってくれば、冷蔵庫のビールでも飲みながら話をするつもりだった。

近い方が何かと都合がいいに決まってる。そうじゃないか、門倉。

例えば、お互いのグラスにビールを注《つ》ぐこともある。その場合、距離は近い方がいい。絶対にいい。

ここが裁判所なら、誰でもそう証言するだろう。頭の中で、私は〝勝訴！〟と書かれている紙を広げた。

しかし、冷静に考えると、二組の布団を寄り添うように並べて敷くのは、どう考えても不自然だった。

重なり合うほど接近していたら、いったいどういうことかと加瀬も思うだろう。それは大変よろしくない。

五〇センチは遠いが、近すぎるのは異様だ。どうしたら自然に見えるのか。

試行錯誤《しこうさくご》の結果、三〇センチが限界だとわかった。それ以上近づくと危険だ。何が危険かわからないが、とにかく危険だ。

私の自制心の砦《とりで》、それが三〇センチだった。永遠にその距離は縮まらない。近くて遠い三〇センチ。

それが私と加瀬の関係だ、と肩を落とした。どうにもならないことが、世の中にはある。

何もすることがないまま、自分のカバンを開くと、一冊の本が入っていた。夕べ、眠れないまま読んでいた『若きウェルテルの悩み』だ。

これは単純に好みの問題で、私は現代小説も読むが、本当に好きなのは古典文学だった。手元に残しているのは、学生時代に読んだ本がほとんどだ。

『若きウェルテルの悩み』はタイトルに〝若き〟とあるように、主人公は婚約者のいる美しい女性シャルロッテに恋をする主人公ウェルテル青年で、作者ゲーテの実体験が元になっている。

多くの恋愛小説では、主人公とその相手との間に高い壁があるが、この作品においてもそれは変わらない。ウェルテルが愛したシャルロッテには婚約者がいるのだから、恋が成《じょう》就《じゅ》するはずもなかった。

この本を読んだのは、高校二年の時だった。初恋の人、袖山さんに振られ、失恋した直後で、つまらないことに悩み、何となく文庫本を買ったことを覚えている。

夕べ、つれづれにこの本を開いたのはたまたまで、深い意図はなかった。正直なところ、若者にのみ許される悩みで、今の私にはどうでもいいことだ。古典文学なのだから、現代に通用する話でもない。

ただ、ウェルテルの悩みは、私と重なるところがあった。理屈では、頭ではわかっていても、倫理にもとることであっても、恋とは自分でコントロールできないものであり、ただ堕《お》ちていくしかない。

私と加瀬の間には、ウェルテルとシャルロッテの比ではないほど、深くて暗い川がある。渡ることは絶対にできない。絶望という二文字が脳裏《のうり》に浮かんだ。

しばらくすると、加瀬が戻ってきた。長湯していたのか、顔がほんのり火照《ほて》っていた。

「今の二十代は、スキンケアが当たり前なのかな」かすかな香りが加瀬の体から漂《ただよ》っていた。「化粧水とかボディクリームを使ってるのか？」

特には、と冷蔵庫から缶ビールを二本取り出した加瀬がひとつを私に渡し、自分は広縁の椅子に座った。

「大浴場にあった整髪料を少し使ったんで、それじゃないですか？」

違う、とわかっていた。加瀬の体から香る馨《かぐわ》しい柑橘《かんきつ》系の匂《にお》いは、夏らしい、爽《さわ》やかな感じがした。整髪料にはないものだ。

缶ビールのプルトップを開け、私も広縁の椅子に腰を下ろした。窓の外に甲府駅とその周辺の明かりが見えたが、他には何もない。

駅から歩いて五分ほどしか離れていないが、私たちは孤島に流された流人《るにん》のようだった。

それからしばらく、ビールを飲みながら他愛《たわい》のない話をした。会社や仕事についてではなく、最近読んだ本の感想や、そんなことだ。

それは完全にプライベートな会話だった。最初からわかっていたことだが、私たちはお互いに〝馬が合った〟。

物の見方とか、考え方、感覚が多くの部分で重なっている。違っているところがあっても、それをわかり合える。そういう関係だ。

加瀬が同じ年齢で、同じ学校に通っていたら、間違いなく親友になっていただろう。加瀬が女性だったら、恋人になっていたに違いない。

だが、それはあり得ない。私は加瀬よりひと回り年上だ。十二歳離れていると、友人にはなれない。

恋人という関係はもっと無理だ。私たちは男性同士だからだ。

しかも、私は結婚している。いくら加瀬のことを想っても、どうにもならない。

気づくと、夜十一時を回っていた。私たちは冷蔵庫にあった缶ビールを二本ずつ飲み、いい感じに酔っていた。

そろそろ寝ますか、と加瀬が丹前の前紐《まえひも》を解《ほど》いた。そうだな、と私はうなずいた。

本当はもっと話していたかったが、そうもいかない。明日はゴルフコンペがある。

「六時起きでいいだろう。ここから甲快カントリーまでは、タクシーで三十分もかからない。朝飯を食うぐらいの時間はある」

そこそこ疲れましたね、と加瀬がビールの空《あ》き缶をゴミ箱に捨てて、そのまま布団の上に座った。

「何もしてませんけど、歩くだけは歩きましたから……課長は寝ないんですか？」

まだ少し残っている、と私は缶を振った。

「これでもビール会社の社員だ。残したら罰《ばち》が当たる」

明かりを消してもいいですか、と小さな欠伸《あくび》をした加瀬が立ち上がった。

「明るいと、なかなか眠れなくて……子供の頃からそうなんです」

誰でもそうだ、と私はビールの缶を傾けた。

「豆球にしてくれ。それでいいか？」

うなずいた加瀬が照明を落とし、そのまま布団に潜《もぐ》り込んだ。数分も経たないうちに、静かな寝息が聞こえてきた。

意外と寝付きがいい、と缶の底に僅《わず》かに残っていた生ぬるいビールを飲みながら、私はつぶやいた。繊細な男というイメージがあったが、それとこれとは話が違うのかもしれない。

加瀬にとってはリリーBS社に転職してから初めての出張で、しかも上司と一緒だ。まだビール業界についてわかっていないことも多い。気疲れもあっただろう。

紹介する私はともかく、される側の加瀬は取引先の顔と名前を覚えなければならない。広いビールフェスティバル会場の端から端まで歩き、勧《すす》められればビールを飲むこともあった。

疲れていたはずだし、頭もフル回転させなければならなかった。温泉に浸かり、ビールを二缶飲めば、倒れるように寝てしまうのは当然だ。

そんなことをつらつらと考えていたら、一時間が経っていた。明日のコンペに備えて、私も眠らなければならない。

籐のテーブルに飲み終えた缶を置き、自分の布団をめくった。薄茶色の豆球が加瀬の横顔を照らしていた。

神々《こうごう》しいまでに美しいその顔と、無防備な姿に、私は強く自分の手を握りしめた。

駄目だ、門倉。そんなことをしてはならない。

どれぐらい、加瀬の顔を見つめていただろう。十分か、二十分か、三十分か。

手の届くところに加瀬がいる。手を伸ばせば、触れることもできる。

だが、それは決して許されない。運命は残酷だ。

仮にだが、理水なり真里なり、部下の女性社員に恋をしたとしよう。リリーBS社では、男女の社員が二人で出張へ行くこともある。

ただ、その場合、部屋は別だ。触れるどころか、寝顔を見ることもできない。部屋という物理的な壁がそこにある。

恋する女性の姿を思い浮かべて、眠れなくなるかもしれないが、部屋が別なのだから、どうにもならない。

だが、私と加瀬は同じ部屋にいる。距離は僅か三〇センチ、加瀬の寝息も聞こえる。これは一種の拷問《ごうもん》だ。

寝返りを打った加瀬が、浴衣の首元を掻いた。肩が露《あら》わになり、鎖骨《さこつ》のラインが豆球の光に浮かんだ。

正座したまま、私は顔を伏せた。見てはならない。それは神聖なものへの冒瀆《ぼうとく》だ。

意志の力だけで体を反対側に向け、足から布団に入った。その時、かすかな寝言が聞こえた。

何を言ったのかはわからなかった。課長、と言ったような気もしたが、思い違いに決まっている。加瀬が私の夢など見るはずもない。

だが、本当に〝課長〟と言ったのなら、それはなぜか。寝返りを打つふりをして、加瀬の姿を盗み見た。

いつの間にか、加瀬が背中を向けていた。薄い掛け布団越しに、体のラインがはっきり見えた。

（駄目だ）

もう一度寝返りを打って、元の体勢に戻った。見つめていたら、触れずにはいられなくなる。そんなことをしてはならない。

身じろぎひとつせず、私はそのまま横になっていた。加瀬に体を向けたい。加瀬の寝顔を見たい。

強い欲求と、私の中にある理性が長い長い戦いを繰り広げ、結局一睡《いっすい》もできないまま朝を迎えた。

夜明けの薄青い光の中、私は起き上がり、広縁から外を眺めた。夕べは見えなかったが、目の前にホテルの庭があった。都内のビジネスホテルとは違い、土地が余っているのか、庭は広かった。

しばらくそうしていると、小さなアラーム音が鳴った。

「……池があるんですね」

振り向くと、起き上がった加瀬が乱れた浴衣を直していた。

「おはようございます。ビールも侮《あなど》れませんね。枕が変わると眠れないたちなんですが、意外とすんなり……課長、どうしたんです？　目が真《ま》っ赤《か》ですよ」

疲れ目だ、と私は目元を拭《ぬぐ》った。

「二十代の連中にはわからないだろうが、四十近くなるとこんなことはしょっちゅうだ。目薬でもさしておけば、すぐ治るさ」

とりあえず顔でも洗ってきます、と加瀬が部屋の洗面台に向かった。

「念のために、アラームを五時五十分にセットしておいたんですが、早かったですか？」

勢いよく顔を洗っていた加瀬が、手探りでタオルを取った。どうせ起きてた、と私は言った。

「寝起きはいい方なんだ。明るくなれば、自然と目が覚める。その代わり、寝るのも早いけどな」

そういうものですか、と顔を拭《ふ》いた加瀬が丹前を着た。

「すみません、課長もどうぞ。ええと、朝食も二階の大食堂なんですよね？」

名前だけのバイキングだよ、と私は言った。

「あるのはトーストとよくわからない菓子パン、あとはコーヒーと紅茶、それだけだ。ビジネスホテルはどこでもそんなものだろう」

食べ放題なんですよね、と加瀬が微笑んだ。

「育ちが悪いのか、元を取るまで食べないと気が済まなくて……行きませんか？」

ちょっと待ってくれ、と私はトイレに入った。不思議なくらい、清々《すがすが》しい朝だった。

9

ゴルフコンペで加瀬は初出場、初優勝というデビューを飾った。前半四三、後半四四、二位に三打差をつけての堂々たる優勝だった。

私はといえば、上がってみれば一一九という低レベルなスコアで、全参加者四十人中三十八位という成績だった。ブービー賞ですらない中途半端な順位だが、それはいつものことだ。

ゴルフ場でも話していたが、コンペ後の懇親会で白樺社の社長と改めて商談のアポを取り、日時を決めた。その後、ゴルフバッグを宅配便で自宅に送ってから甲府駅に出て、中央本線で東京に帰った。

立川《たちかわ》駅までの約一時間のことは、何も覚えていない。完全に爆睡していた。

立川で中央線の快速に乗り換える私を起こした加瀬が、小峠さんからメールが入っていますと言った。スマホの画面に、月曜から出社すると書いてあった。

「おれに近づくな、と返事しておいてくれ。この歳でおたふく風邪を伝染されたらと思うと、それだけでも寒けがする」

それじゃ月曜と言って、立川駅のホームに降りた。動き出した特急列車が見えなくなるまで、私はその場に立っていた。

それからとぼとぼと階段を上がり、中央線快速電車のホームに向かった。夢のような二日間が終わった。

～第五種接近遭遇～　高慢《こうまん》と偏見

1

私は浮気をしたことがない。それどころか、打ち合わせ等のビジネスシーンを除けば、宏美と結婚してから女性と一対一でお茶を飲んだこともなかった。

過去、数度の恋愛においても、交際していた女性に対し不誠実なことをしたことはないつもりだ。

女性の側がいつの間にか他の男と付き合うことになり、振られて終わるというのが私の恋愛のパターンだった。

もちろん、その理由は私に男性としての魅力が欠けているからだ。イケメンでも高身長でもなく、どこへ行こうと誘うわけでもなく、何をしようとも言わず、デートといえば映画を観《み》に行くぐらいで、ロマンチックでドラマチックなサプライズもない。そんな男が振られるのは当然だろう。

別に卑下《ひげ》しているつもりはない。草食系男子という言い方が流行《はや》り始めたのは十年ほど前だと思うが、言ってみれば私は元祖草食系で、いっそ食の字を取って草系と言った方がいいかもしれない。

要するに、女性を相手にするのが苦手だし、はっきり言えば面倒臭かった。いつまでも同じ愚痴《ぐち》を繰り返し、脈絡なく話題を変え、時には〝今、何の話してたっけ？〟と言い出す人種と、どう付き合っていけばいいのか？ 四十になろうとしている今も、私にはさっぱりわからない。

すいません、ごめんなさい。謝罪して発言を撤回致します。女性が嫌いなのではない。胸を張って言うが、好きだ。大好きだ。胸を張るようなことでもない気がするが。

言ってみれば、女性とは富士山《ふじさん》なのだろう。遠くから見る分には美しいが、いざ登るとなると大変だ。というわけで、私は浮気をしたことがなかった。

先週、加瀬と二人で一泊の出張をした。それ以前から、私は彼に恋愛感情を抱《いだ》いていることを自覚していたが、具体的に何かあったわけではない。

だが、女性とは敏感なもので、出張から戻って数日経《た》った頃、宏美が今までにない行動を取るようになった。

私が使っているスマホのホームボタンは、指紋認証だ。だが、パスコードを押せば、それでも開く。

私と宏美には、スマホはプライベート端末という認識があり、あえてお互いのパスコードを教え合っていなかったが、そこは長年の付き合いで、彼女は私の性格をよく知っている。パスコードが生年月日の組み合わせなのは、考えるまでもなくわかっただろう。

宏美が私のスマホを勝手に開いて、盗み見ていることに気づいたのは、一昨日《おととい》の水曜日だった。

風呂に入ろうと脱衣所で着替えていた時、何げなくリビングに目をやると、彼女が私のスマホの画面をスワイプしているのが見えた。真剣な顔でメール、そしてＬＩＮＥをチェックしていた。

プライバシーの侵害だと抗議してもよかったが、やましいことはないし、浮気の証拠が出てくるはずもないので、何も言わなかった。

ただ、本当のところを言えば、精神的な意味で私は浮気をしていた。加瀬夏生という男に恋をしているのは事実で、それは決して許されない不誠実な行為だ。何も言えなかったのは、そのためもあった。

あれから、私たちは前と何ら変わらない暮らしを送っている。そして、私と加瀬の関係が進展するはずもないから、いずれすべてが何もないまま終わる。そう思っていた。

とはいえ、私に変化が生じていることに、多くの者が気づいていたのも本当だった。

変化といっても、たいしたことではない。社内、あるいは取引先の人間から、最近門倉さんは明るいですねとか、仕事に積極的ですねとか、そんなふうに言われることが多くなったぐらいだ。

2

それ自体は何ら悪いことではないから、不惑《ふわく》を前に最後のひと頑張《がんば》りですよと答えると、話はそれで終わるのが常だった。

だが、周囲の人たちが言うように、会社へ行くこと自体が楽しかった。出社すれば加瀬と会える。話もできる。楽しくないはずがない。

しかも、私は加瀬の直属の上司だ。ビール販売会社の営業は、以前彼が勤めていた安河商事とやり方そのものが違う。教えるべきことは少なくなかった。

店や会社を訪問することもあったが、取引先と飲みに行く方がより親密になるのは、どの業界でも同じだろう。週に一、二度、加瀬を連れて酒席や会合に出るようになった。

昔から言うように、理屈と膏薬《こうやく》はどこへでもつく。これは社員教育で、現場に慣れなければならない、期待している、時間があるようだから、たまにはいいじゃないか。

自分でも意味がわからなかったが、とにかくさまざまな理由をつけて、加瀬と二人で動く時間を増やした。

加瀬がビール業界に不慣れなのは事実だし、会社も即戦力のつもりで採用している。特に問題はなかった。

ずいぶん熱心だな、と藤堂部長に肩を叩《たた》かれたのは、甲府への出張から二週間ほど経った八月初めの昼だった。

「門倉くんが社員教育にそこまで力を入れるとは、思ってなかったよ」

そういうわけではありませんが、と私は答えた。他の課員は全員外回りに出ていたが、それもあって部長は声をかけてきたようだった。

「加瀬は中途採用で、しかも超大手の安河商事から転職してきた男です。期待していますし、いずれは三課を、いや、リリーBS社の屋台骨を支えるポテンシャルを持っているのは間違いありません。鉄は熱いうちに打て、と言うじゃないですか」

悪いなんて言ってない、と藤堂部長が空《あ》いていた永島係長の席に座った。

「わたしも彼には期待している。ただ、少し肩入れし過ぎなんじゃないかと思ってね」

「肩入れ？」

こういうご時勢だからさ、とおもねるように部長が言った。

「あれだよ、男女同権って奴だ。それが世の中の常識なのは、わかってるだろ？」ここだけの話だよ、と部長が囁《ささや》いた。「わたしも加瀬をエースに育てるべきだと思っている。仕事ができる男だっていうのは、見ていればわかるさ。ただ、露骨《ろこつ》過ぎるのはまずいだろう」

どういう意味ですかと首を傾《かし》げた私に、彼女から抗議があった、と部長が真里のデスクに目を向けた。

「抗議？」

君が加瀬を贔屓《ひいき》していると言ってる、と部長が顔をしかめた。

「抗議というか、愚痴と言うべきかもしれんな。組合に訴えるとか、そこまでの話じゃないんだ。先週、織田くんが一人で席にいたんで、仕事の方はどうだと聞いてみたんだよ。少しは慣れたか、ぐらいのつもりだったんだが、相談があります、といきなり会議室に連れて行かれてね」

「織田が部長をですか？」

よほど思い詰《つ》めていたんだろう、と部長がうなずいた。

「門倉課長は加瀬さんのケアばかりしている、自分のことは渚さんに任せて、ほったらかしにされている、要はそういうことでね。もちろん、門倉くんにそんなつもりはない、とわたしは言ったよ。織田くんはまだ若いし、独身だ。いくら男女同権、機会平等といっても、君が毎晩のように彼女を連れ回したら、それはそれで別の問題が発生する。念のために言っておくけど、これは男女差別じゃなくて――」

建前はいいです、と私は言った。

「今はぼくと部長しかいません。本音で話しましょう。織田の不満はわからなくもありませんが、女性課員の扱いには特に気を遣《つか》わなければならないのがぼくの立場です。少しでも扱い方を間違えたら、他の社員や総務に何を言われるかわかったもんじゃありません」

言葉ひとつのチョイスだって考えなきゃならないんです、と私はデスクを叩いた。それ以上言うな、と部長が私の肩に手を置いて何度もうなずいた。

「わかってる。よくわかってますって。まったくその通り。右に同じ。以下同文。誰だって、部下には気持ち良く働いてもらいたいと思っている。その髪形いいじゃないかとか、服が似合ってるとか、それぐらい言うさ。下心なんかないよ。それなのに……」

話が逸《そ》れたな、と部長が空咳《からせき》をした。この人はこの人で、相当ストレスが溜《た》まっているようだ。

「とにかく、文句を言っても始まらない。彼女が言っているのは、平等に扱ってほしいということで、つまり、うまくやってくれってことさ」

はあ、と私は答えた。それが日本の中間管理職の模範解答で、他に正解はなかった。

3

まず本人の話を聞かなければ、対処のしようがない。外回りに出ていた真里を苛々《いらいら》しながら待っていると、夕方四時過ぎに戻ってきた。

今回のケースにおいて、真里とどう話すか。難しいところだが、やはりここは腹を割った話し合いをすべきだろう。

ちょっと会議室に来てくれと声をかけると、笑《え》みを浮かべた真里が私の後に続いて会議室に入ってきた。

難しい話じゃない、と彼女を座らせ、長机を挟《はさ》んで向かいの席に腰を下ろした。

「藤堂部長と話したそうだね。課長が、つまりぼくが君のことを渚に任せっ放しで、加瀬のことばかり贔屓していると……」

真里が唇を強く噛《か》んだ。叱《しか》っているんじゃない、と私は慌《あわ》てて首を振った。

「君にそう感じさせていたのなら、ぼくも反省しなきゃならない。ただ、うちのような会社では、どうしても夜の打ち合わせや会食、接待が多くなる。それは君もわかっているだろ？」

はい、と真里がうなずいた。酒の席だと、女性に対して失礼な発言をする者がいる、と私は先を続けた。

「何が言いたいかというと、君のためを思ってのことなんだ。いきなり現場に放り込むような乱暴な真似《まね》はしたくなかった。わかってくれるかい？」

ひどい、と真里がつぶやいた。私は目をつぶった。これだけ言葉を選び、慎重かつ下手《したて》に出ても、まだ責められるのか。

「藤堂部長のことを、総務に訴えてもいいですか？」

「藤堂部長？」

許せません、と真里が長机を叩いた。

「門倉課長は何も悪くないのに……わたしもこの会社で何年も働いていますから、そういう業界なのはわかっているつもりです。加瀬さんに課長が期待しているのも当然だと思います。ただ、何か不満はないかと部長に聞かれて、わたしも加瀬さんのように課長に指導してほしい、そう言っただけなんです」

「それは……」

ちょっとした愚痴だったんです、と真里が悔《くや》しそうな表情を浮かべた。

「それなのに課長に告げ口するなんて……最低です」

立ち上がりかけた真里に、とにかく座ってくれと私は言った。

「落ち着いて話そう。部長も君のことが心配だったんだよ。だから、ぼくに話したんだ」

どうして私がと思ったが、とにかく頭を下げた。このまま真里が総務部に駆け込んだら、収拾がつかなくなる。

「気にすることはない。部長は悪い人じゃないが、余計なところに首を突っ込む癖《くせ》があるのは知ってるだろ？」

課長がそうおっしゃるなら、と笑顔になった真里が椅子《いす》に座り直した。

「今回は黙っています。でも、信じられない。子供みたいに言い付けるなんて……」

わかってくれればそれでいいんだ、と私はため息をついた。

「営業に異動してきた以上、戦力になりたいと考えるのは当然だ。うちのプロパー社員だし、ビール業界についても詳しい。ただ、営業経験がないのは本当だ。その点、他業種とはいえ、加瀬には経験とスキルがある。物事には順序があるからね。君も加瀬もぼくの部下で、加瀬と同じように、君にも期待しているし、だからこそ慎重に育てていきたい。そう考えているからこそ――」

私は口をつぐんだ。真里の両眼から、涙がひと筋こぼれていた。

「嬉《うれ》しいです。門倉課長がそんなにわたしのことを考えていてくれたなんて……本当は、加瀬さんのことが羨《うらや》ましくて……いえ、嫉妬《しっと》していました」

「嫉妬？」

課長はいつも加瀬さんと一緒ですよね、と真里が鼻をすすった。

「二人ともすごく楽しそうで……転職してきたばかりの加瀬さんを気にかけるのはわかります。だけど、門倉さんは加瀬さんのことしか見ていないような気がして、それが悔しかったんです」

私はこめかみの辺りを指で押さえた。思っていたのと風向きが違う。彼女は何を言っているのだろう。

そもそも門倉さんって何だ？　その呼び方は違うんじゃないか？

「君には渚をつけてるし、加瀬は小峠が教えている。ただ、さっきも言った通り、君をいきなり荒海に投げ込むような、そんな無茶なことはしたくないんだ」

あたしなら平気です、と真里が涙を拭《ぬぐ》った。

「門倉さんと一緒なら、台風の海でもどこでもついていきます。順序があるとおっしゃるのはよくわかりますし、足手まといになりたくはありません。だけど、あたしの番はいつですか？　加瀬さんも、そろそろ慣れてきたと思うんです。それなら、次はあたしですよね？」

そんなに簡単に慣れるはずないだろう、と私は言った。

「どうしたって時間はかかる。順番というが、状況を考える必要もある。いずれは君にも第一線に立ってもらうつもりだけど、それがいつなのか、ぼくにもまだはっきりしたことは言えない」

でも、と真里がつぶやいた。

「あたしは……あたしが営業への異動を希望したのは、門倉さんの下で働きたかったからなんです。ずっと、それればかり考えていました。やっと三課に移ってきたのに、今のままじゃ……」

訴えるような、すがるような目で真里が私を見つめていた。いくら私が鈍感《どんかん》でも、その意味はわかった。

販売戦略室室長補佐という要職に就《つ》いていた彼女が、どうして経験すらない営業部への異動を強く望んだのか。

私の下で働きたかった、と彼女は言った。それはつまり、私に好意を持っているという意味だ。

なぜだ。十歳上の妻子持ち、風采《ふうさい》も上がらない私のどこに魅《ひ》かれたというのだろう。

ひとつだけ、思い当たることがあった。営業部と販売戦略室は、その立場の違いから、会議で衝突することがある。

真里は理系出身のためか、数字やデータに頼り過ぎるきらいがあり、現場の営業マンから反感を買うことも少なくなかった。

一度、あの時、彼女が提出したデータが間違っていたことがあり、全営業マンがそのミスを責めた。あの時、間に入ったのが私だった。

かばうつもりはなかったが、人間なのだから間違うことはあるだろう。全員で総攻撃するのも大人げないと思い、それぐらいにしておこうと話を終わらせた。

あの件があったから、真里は私に好意を持つようになり、私の下で働くことを希望したのではないか。

とにかく、と私は席を立った。二人だけで会議室にいるのはまずい、と頭の中で警報が鳴っていた。

「言いたいことはよくわかった。決して君のことを軽《かろ》んじているわけじゃない。とはいえ、考え過ぎじゃないか？　男性社員と女性社員は対等であるべきだと、ぼくも思っている。今後のことは、部長とも相談して決めていくつもりだ。とりあえず今日はそういうことで。以上」

何か言おうとした真里に背を向けて、会議室を出た。どうやら私はとんでもない面倒なトラブルに巻き込まれてしまったようだった。

4

デスクに戻ると、肩を落とした小峠と加瀬が並んで立っていた。表情から察するに、問題が発生したらしい。

今日は厄日《やくび》だと思いながら、何かあったのかと尋ねると、自分がまずかったです、と小峠が思いきり頭を下げた。

「何だよ、いきなり……とにかく座れ。場所を変えた方がいいか？」

そこでいいです、と小峠が来客用の四人掛けソファを指した。私と小峠が向かい合って座ると、加瀬が紙コップのコーヒーを私たちの前に置き、小峠の隣に腰を下ろした。

「今日、ジョイフルスーパーの商品管理部で、須崎《すざき》部長と会ってきたんです」

ジョイフルスーパーは関東を中心に、東日本百五十店、西日本に五十店の店舗を展開している一大スーパーマーケットだ。

昭和三十年創業で、当時は東京都下だけにあるローカルスーパーだったが、今でいうM&Aを繰り返し、現在では業界第四位のポジションにいる。

須崎部長か、と私は天井に目をやった。その名前を聞いただけで、何があったかわかった気がした。

スーパーマーケットでは、ほとんどの場合商品の仕入れをバイヤーが決定する。ジョイフルスーパーの須崎部長といえば、業界にその名が轟《とどろ》いている名バイヤーだ。蝮《まむし》の須崎を知らない者はいないだろう。

今年五十五歳のはずだが、高校卒業後ジョイフルスーパーに入社し、それから商品管理部ひと筋《すじ》という筋金入りのバイヤーだ。

目利《めき》きの能力は高く、売れ筋商品の確保については他の追随《ついずい》を許さない。名人と呼ばれることさえある人だが、気難しいことでも知られていた。

バイヤーとメーカーの力関係は、圧倒的にバイヤーの方が上だ。これは仕方ないことで、商品の取扱決裁権はあくまでバイヤー側にある。売り込む側の私たち営業マンは、どうしても下手に出ざるを得ない。

だからといって、上から目線で応対するバイヤーはめったにいない。世の中には常識というものがあり、商談の場で揉《も》めても、どちらも得をしないと誰もがわかっているからだ。

だが、須崎部長に関して言うと、態度は傲慢《ごうまん》で、時には営業マンを怒鳴《どな》りつけて追い払うこともあった。

業務に熱心に取り組んでいるのは確かだし、ジョイフルスーパーへの貢献度も高いはずだが、五十五歳の今も現場の部長職に留《とど》まっているのは、狷介《けんかい》な性格が周囲から嫌われているためだろう。やりにくい相手なのは間違いなかった。

「須崎部長とトラブったのか？」

ぶっちゃけ言えばそうです、と小峠がうなずいた。何があった、と私は腕を組んだ。

「今日、ジョイフルさんへ行ったのは、卸値《おろしね》の掛け率の条件更新のためでした」

小峠が説明を始めた。それについては、私も事前に話を聞いていた。

もともとリリービールは四大メーカーの中で最も後発で、知名度も低い。ファイブスターリフレッシングHDがビール事業を始めた時、ウェーブ、ビアゴールド、ウエハラの三社に大きく水をあけられていたし、その差が縮まる気配すらなかった。

万年最下位という状態が長く続いたが、それを挽回《ばんかい》するため、販売戦略室を新設するなどテコ入れを図り、その上でリリーBS社に送り込まれたのが、現在リリービール社で専務を務めている久保田《くぼた》さんという伝説的な営業のプロフェッショナルだった。

スッポンの久保田の異名通り、セールスに関しては天才としかいいようのない人で、ファイブスターリフレッシングHDとしても、よほどリリービールの先行きが不安だったのだろう。

久保田さんが営業本部長という肩書でリリーBS社に出向してきたのは十七年前だった。私が入社した年だから、あの頃のことははっきりと覚えている。

スッポンというのは、食らいついたら離さないところからついたあだ名だ。久保田さんはリサーチの鬼でもあり、上場しているスーパーマーケット全社を徹底的に調べ、ターゲットをジョイフルスーパーに絞《しぼ》った。

当時、既《すで》に名を馳《は》せていた須崎バイヤーを落とせば、商談が成立すると狙《ねら》いをつけ、夜討ち朝駆けで小岩《こいわ》にあるジョイフルスーパー商品管理部を訪れ、須崎バイヤーからリリービールの取り扱いを他の三社と同等にする契約を結ぶ内諾《ないだく》を取った。

この契約には重要な意味があった。業界四位の大型スーパーチェーンが、リリービールを他社と同等に扱うことになれば、波及効果は大きい。シャイニー、セイヨー、プラタナ、その他大手スーパーマーケットもリリービールについて、見直しを図るはずだし、中小チェーンも追随するというのが久保田さんの読みで、実際にその通りになった。

ただ、須崎バイヤーはその頃まだ係長で、久保田本部長の熱意にほだされ、リリービールの扱い高を増やすと決めていたが、社の了解を取るのは難しかった。その時点で内諾こそ取れていたが、正式な契約が成立したわけではなかった。

そのために久保田本部長が出した条件は、ジョイフルスーパーに限り、リリービールの卸値を他社の半値にするという思い切ったものだった。

この条件だと、リリーBS社がどれだけジョイフルスーパーにビールを売ってもほとんど利益は出ない。

だが、他社への影響を考慮すれば十分に元が取れるという久保田本部長の意見を、当時の社長は支持した。私たち全社員も同じだ。

ジョイフルスーパーとしても、半値ということならメリットが大きい。須崎バイヤーがその条件をもとに会社と協議し、リリービールをメジャー三社と同規模で販売することが決定した。

ただし、他社の半値という常識はずれの条件は極秘だった。他のスーパーマーケットが知れば、どうしてジョイフルスーパーだけが特別扱いなのか、ということになりかねない。

そのため、密約というと大袈裟《おおげさ》だが、書面ではなく口約束という形で契約を交《か》わすことになった。久保田、須崎、両者の間に、それだけの信頼関係があったのだろう。

とはいえ、リリーBS社としても、永遠に半値で卸《おろ》すことはできない。それはジョイフルスーパー本社も理解していたし、二年ごとに掛け率を上げていく、という条件が契約には含まれていた。

今年の六月で、契約締結から丸十六年経ったわけです、と小峠が仏頂面《ぶっちょうづら》で言った。

「うちがジョイフルさんと須崎部長に恩があるのは本当で、そこは自分もよくわかっています。ただ、前回の契約からこの七月で丸二年経ったので、条件の見直し交渉をすることになっていました」

この六月まで、他社の八〇パーセントという条件だったが、今年の七月から八五パーセントに掛け率を上げる方向で話を進めている、という報告は半月ほど前に小峠から聞いていた。それは藤堂部長を通じ、会社の了解も取れている。

「自分が交渉していたのは、酒類バイヤーの岡西《おかにし》課長なんですが、基本的な合意は取れていました。ところが、先週になって直接須崎部長と話してほしいと言われて、それで今日会いに行ったわけです。そうしたら、そんな話は聞いてない、と開口一番言われて……」

岡西課長と須崎部長の間で話が通っていなかったようです、と加瀬が横から言った。

「この契約は自分とリリービール社の久保田専務で決めたことで、掛け率の最終決定権はジョイフルスーパー側にある、八五パーセントなんか呑《の》めない、今まで通り八〇パーセントでなければ、今後リリーBS社とは付き合えないと……それはどうなんでしょうとぼくが言ったら、物凄《ものすご》い見幕で怒り出して……」

自分の責任です、と小峠が短髪の頭をがりがりと掻《か》いた。

「契約内容の話だけして、須崎部長がどういう人か、加瀬に説明しておかなかったのが失敗でした。前に一度、先方のバイヤー本部に行って、紹介だけはしていたんですが、それは表敬訪問みたいなものだったんです。八〇パーセントから八五パーセントに掛け率を上げるというのは、岡西課長も了解していましたし、契約は契約ですからね。須崎部長の言い分がおかしい、と加瀬が思ったのは仕方ないっていうか……」

それもありますけど、ああいう言い方はないだろうと思ったんです、と加瀬が顔をしかめた。

「お前らみたいな小者じゃ話にならん、おれは久保田専務としか交渉しない、どうしても八五パーセントだと言うなら、リリービールはもちろん、ファイブスターリフレッシングのウイスキーや食品、その他全商品をうちの棚から下げたっていいんだ、そこまで言われて、考えるより先に口が動いてしまったというか……」

蝮の須崎だぞ、と私は頭を抱えた。

「バイヤーとしては業界屈指のやり手だが、性格は最悪だ。おれも六年前、あそこの担当をしたが、あんなに難しい人はいなかった。加瀬も加瀬だ。今のお前の立場で商談に口を挟むのは、違うんじゃないか？」

そうなんですが、どうにも我慢できなくて、と加瀬がうなだれた。

「何を言った？」

「ビジネスは約束を守るところから始まるものでしょうと」加瀬が暗い顔になった。「そちらの都合で約束を勝手に破るのは違うのでは、とも言いました」

あれだけ怒られたのは初めてです、と小峠が苦笑した。

「前に挨拶《あいさつ》した時、加瀬が中途採用で安河商事からうちに来たという話をしたんですが、それもまずかったのかもしれません。須崎部長は苦労人ですからね。慶葉大卒、安河商事勤務という経歴が気に食わなかったんでしょう。お前みたいな若造に何がわかる、素人《しろうと》は黙ってろ、いったい何様だ、とにかく聞くに耐えない罵詈《ばり》雑言《ぞうごん》の嵐でしたね」

あの人ならそうだろう、と私は須崎部長の顔を思い浮かべた。一八〇センチの長身だが、枯れ木のように痩《や》せている。

トレードマークの黒縁眼鏡《くろぶちめがね》越しの眼光は異様に鋭く、常に腹を空《す》かせた不機嫌な野良犬のような顔だった。

　状況がいいとは言えない、と私は首を振った。

「蝮の須崎だ。咬《か》みつかれたら、後が厄介《やっかい》なのはわかってる。しかも、本社のスッポンと親しい。とっくに連絡を取って、お前たちのことを話しているだろう。リリーBS社の社員教育はどうなってるんだとか、言いたい放題悪口を吹き込んでいるのは間違いない」

　どうするかな、と顔を上げた。幸か不幸か、藤堂部長はリリービールの新商品〝ヤマト〟の商品発表会に出席するため、一時間ほど前に会社を出ていた。

「部長にはおれから伝える。早い方がいい。あの人は久保田派だからな。おれより先に久保田専務から連絡が入ったら、どれだけ怒るかわからない」

　これからどうしますか、と小峠が顔を近づけてきた。謝罪に行くしかない、と私は言った。

「課長レベルじゃ相手にされないだろうが、とりあえずはそこからだ。おれが頭を下げて済むんなら、それが一番いい」

　他に取り柄はないが、私は謝り上手で、頭を下げ続けるだけでトラブルを回避したことが何度もあった。そもそも、課長の頭は下げるためにある、と思っているほどだ。

　ですが、と小峠が不安そうな表情になった。

「須崎部長は粘着質というか、しつこい人ですよ。仮に謝罪を受け入れたとしても、ペナルティとして、掛け率を据《す》え置けとか、そんな話になるんじゃないですか？　ファイブスターリフレッシンググループの全商品の取り扱いを停止するというのも、単なる脅《おど》しじゃありません。商品管理部統括部長ですから、権限もあります。そうなると、うちだけじゃなく、ファイブスターリフレッシングＨＤ傘下《さんか》の全社を巻き込んだトラブルになりかねません」

最悪の事態だな、と私は天井を見上げた。リリーＢＳ社はファイブスターリフレッシングＨＤの孫会社で、孫が起こしたトラブルのために、業界四位のジョイフルスーパーがグループ会社の全商品を棚から外《はず》すことになったら、グループ全社でパニックが起きるだろう。

誰のせいでこうなったのか、責任追及が始まる。その矛先《ほこさき》は直接の原因を作ったリリーＢＳ社、そして現場責任者である課長の私に向かうはずだった。

謝罪するというのは違いませんか、と加瀬が私と小峠を交互に見た。

「二年ごとに掛け率を見直すと、契約を交わしているんです。それを反故《ほご》にするというのは、明らかな契約違反でしょう。ぼくが口を挟んだのが不快だったというなら、もちろん謝罪します。ただ、先方にも非があると……」

正論だけど、それは通用しないと小峠が肩をすくめた。言わんとすることは、私にもよくわかった。

最初から、須崎部長は現在の掛け率を据え置きたいと考えていたのだろう。スーパーマーケットにおいて、五パーセントの差は大きい。自社の利益確保を優先して考えるなら、誰だって有利な条件は変えたくないはずだ。

小峠とジョイフルスーパーの岡西課長との交渉について、そんな話は聞いていないと言い張り、小峠か加瀬、どちらかの失言を待った。海千山千《うみせんやません》の須崎部長なら、それぐらいの駆け引きは慣れたものだ。

思惑通り、加瀬が契約違反だと言い出したために、失礼だ非礼だと難癖をつけ、ファイブスターリフレッシンググループの全商品の取り扱いを止《や》めると脅しをかけた。陰険なやり口だが、それを言っても始まらない。

加瀬に対し、生意気だと怒鳴ったというが、それは本気だったのかもしれない。須崎部長は実績もあり、バイヤーとしてのプライドも高い。素人同然の新人に口出しされて、感情を害さないはずがなかった。

掛け率のことはいい、と私は言った。

「とにかく謝罪しよう。その方向で話を収めるべきだ」

利益の話をしているんじゃないんです、と加瀬が正面から私を見据えた。

「十七年前、須崎部長がジョイフルさんの上層部を説得して、リリービールの扱いを他社と同じにすると決めたことは、小峠さんから聞いていました。恩があるのは確かですが、二年ごとに掛け率を見直すという契約を交わしているわけで、それを一方的に破られたらビジネスは成立しません。もちろん、ぼくの態度や言い方が悪かったというのは反省してますが……」

現実を見ろって、と小峠がきつい口調で言った。

「自分とお前で土下座して済む話じゃなくなってるんだ。グループ全社に問題が波及するかもしれないんだぞ？　責任取れるのか？」

スーツの内ポケットに入れていたスマホが鳴り出した。出る前から、藤堂部長からだとわかった。

着信ボタンに触れると、凄《すさ》まじい怒鳴り声がした。小峠と加瀬が顔を見合わせて、深いため息をついた。

5

そんな情けない顔すんなよ、と小峠が加瀬の肩を叩いた。そうそう、と理水が取り分けていたパスタの小皿をテーブルに載せた。

夜八時、私たち四人は東銀座駅からほど近いニアリーという洋風居酒屋にいた。ひと月ほど前にオープンしたばかりで、私も初めての店だ。

あれから会社に戻ってきた藤堂部長にどれだけ怒られたか、思い出すだけで頭が痛くなる。

部長が激怒したのは、須崎部長との商談が不調に終わったからではなく、ファイブスターリフレッシンググループの関連商品すべてが取引停止になる可能性があるためだった。

今回のトラブルは、単に大口の取引先のひとつを失うというレベルではない。ファイブスターリフレッシングＨＤ傘下の全社にも影響が及びかねない大失態だ。血管が切れそうな勢いで怒鳴りまくったのも無理はない。

とにかく本社と協議した上で今後の対応を決めるということで、一時間後ようやく私たちは解放されたが、加瀬が言ったように、今回のトラブルは須崎部長が意図的に仕掛けてきたものだ。

罠《わな》に嵌《は》められたのと同じですと言ったが、部長は聞く耳を持たず、始末書を書いておけと命じただけだった。

デスクに戻り、三人でサラリーマン的に愚痴っていると、外回りに出ていた理水から電話が入った。ニアリーを訪店しているが、オーナーが店にいるので、時間があれば課長にも来てほしいという。

ニアリーに行ったことはなかったし、オーナーがいるというのなら、挨拶は課長の義務だ。

すぐ行くと答えたが、挨拶のためというより、酒でも飲むしかない気分だった。二人を誘うと、一も二もなく、一緒に行きますということになった。

オーナーと挨拶を済ませ、そのままテーブルに座った。夜の訪店の場合、客として飲むのはこの業界の仁義だ。そして、何より私たちは酔いたかった。

私たちの浮かない顔を見て、何かあったんですかと尋ねた理水に、小峠が事情を説明した。とにかく飲みましょうとなったのは、ビール販売会社に勤めているからで、こういう時は話が早い。

「あたしは須崎部長と挨拶ぐらいしかしたことがないんですけど」あんまりいい感じはしない人ですよね、と理水が言った。「何ていうか、昭和の人？　女の営業マンなんか認めないみたいなことを言われて、それっきりです」

ベテランバイヤーほど女性蔑視《べっし》の傾向が強いのは事実だが、須崎部長はその中でもトップクラスだった。

女と商談はしないと公言しているのは、私も聞いたことがあった。辣腕《らつわん》ぶりは誰もが認めるところだが、評判は最悪といっていい。

今時、珍しいですけどね、と小峠がパスタを啜《すす》った。

「でも、五十五歳って歳《とし》を考えると、昭和流なのは仕方ないのかな……他社ともしょっちゅう揉めてるのは、課長も聞いてるでしょ？　そりゃバイヤー様は神様ですから、こっちが下手に出なきゃならないのはそうなんでしょうけど、それにしてもねえ……」

ぼくのミスです、と加瀬が三杯目の中ジョッキを空けた。ハイペースかつ、乱暴な飲み方だった。

「もっと自分の立場をわきまえるべきでした。須崎部長にしてみれば、素人同然のぼくに口出しされたら、何だお前は、ってことにもなるでしょう」

そんなことないって、と理水が加瀬に微笑《ほほえ》みかけた。

「加瀬くんは間違ってない。約束を守らない人と、ビジネスはできないよね。言うべきことを言ったんだから、胸張っていいんじゃない?」

さすがは姐《ねえ》さん、と小峠が手を叩いた。

「気にすんなよ、加瀬。自分にも責任がある。甘く見てたところがあったのは、認めざるを得ない」

運ばれてきた四杯目の中ジョッキを手にした加瀬が、悔しそうな表情を浮かべた。

「どうしても、須崎部長の言い方が我慢できなくて……」

そこは堪《こら》えてほしかったな、と私は言った。

「営業という仕事は、結局のところ人だ。合う人もいれば、合わない人もいる。誰とでもうまくやっていかなければならないのが、おれたちの仕事だろう」

教育的指導ですか、と小峠が鼻の下をこすった。

「課長、もういいんじゃないですか？　藤堂部長にあれだけ怒られたんです。今日は加瀬を慰《なぐさ》めてやりましょうよ」

そうだな、と私は口を閉じた。本当は加瀬を誘って、二人だけで飲むつもりだった。商社マンからビール販売会社に転職して約二ヵ月、慣れない環境で気疲れもあっただろう。口に出したことはなかったが、ストレスも溜まっていたに違いない。

慰めてやりたかった。二人で飲み、不平や不満、愚痴を私にぶつければいい。全部受け止めるつもりだった。

お前のことは必ず守る、おれを信じろ、そう言いたかった。

加瀬に対する特別な感情は自覚している。だが、それは決して表に出せない。

その代わり、加瀬のために何でもすると決めていた。辛《つら》いこと、嫌なこと、何でも言えばいい。

黙って話を聞き、肩を抱いてやる。私にできることは、それしかない。

加瀬に信頼されたかった。信頼とは、すなわち愛だ。信頼し合う関係になりたかった。

それこそが、真の愛だろう。

とはいえ、今夜に限って言えば、二人で飲むより、四人で飲んだ方が気が紛《まぎ》れるのはわかっていた。慰める者は、多ければ多いほどいい。

これからどうなるんですかね、と小峠が首を傾げた。

「たぶん明日にでも、三人で頭を下げてこいと言われるんでしょう。それはいいんですが、須崎部長が謝罪を受け入れるか、そこは何とも……」

誠心誠意詫《わ》びればわかってくれるだろうと言った私に、そうは思えませんね、と小峠が更《さら》に首を斜めにした。

「あの人の臍《へそ》は、相当曲がってますよ。すんなり謝罪を受け入れるはずないでしょう。少なくとも、すべて水に流そうってことにはならないんじゃないですか？　単なるバイヤーというだけじゃなくて、タフなネゴシエーターです。ペナルティとして、掛け率を更に下げろと要求してくるかもしれません。その時はどうします？」

私にとっても、それは悩みの種だった。小峠が言うように、須崎部長は交渉術に長《た》けた人だ。

ファイブスターリフレッシンググループの全商品の取り扱いを停止することは、須崎部長の権限でも可能だが、実際にそんなことをするとは思えなかった。ジョイフルスーパーの上層部も反対するだろう。

それは最初から須崎部長も計算していたはずだ。真の狙いはリリーBS社から譲歩を引き出すことではないか。

小峠が言ったように、掛け率の引き下げを要求されたら、リリーBS社の売上は確実に下がる。それでも取引を続けなければならないのか。

だが、蝮はスッポンと繋《つな》がっている。親会社であるリリービール社の命令は、リリーBS社にとって絶対だ。課長の私が何を言っても、一蹴《いっしゅう》されるだけだろう。

八方塞《ふさ》がりだ、と私は中ジョッキに残っていたビールを飲んだ。あちらを立てればこちらが立たない。

すみませんでしたと加瀬が頭を下げると、テーブルにぶつかって、鈍《にぶ》い音がした。

6

入社以来今日まで、何度か酒席を共にしていたが、加瀬がここまで酔っ払った姿を見たことはなかった。

もっとも、どんなに酒に強い人間でも、精神状態によっては一杯のビールで潰《つぶ》れることがある。今日の加瀬もそうなのだろう。

酒豪、というタイプではないが、時間をかけてゆっくり飲み、楽しく時を過ごす。そういう飲み方をする男だが、須崎部長とのトラブルで精神的に疲弊《ひへい》していたに違いない。轟《ごう》沈《ちん》、という表現がふさわしい潰れ方だった。

こういう時の対処に、小峠は慣れていた。加瀬に肩を貸して立ち上がらせ、ちょっとトイレへと言って店の奥へ連れていった。

心配ですかという声に顔を向けると、理水が私を見つめていた。

「そりゃ心配だよ。見ただろ？　プロレスラーの頭突きみたいな勢いで、頭をテーブルにぶつけたんだ。瘤《こぶ》ぐらいで済めばいいが、内出血でもしていたら大変だ」

大袈裟ですよ、と理水がデキャンタから赤ワインを自分のグラスに注《つ》いだ。

「課長も飲みます？　ハウスワインですけど、味はいいですよ」

一杯もらおう、とグラスを前に出したが、どこか上《うわ》の空《そら》だったかもしれない。加瀬のことが気になっていた。

「いつも加瀬くんのことを見てますよね」

理水がワインをひと口飲んだ。間接照明に照らされた横顔が美しかった。

本人の自己申告によれば、二年ほど彼氏がいないという。これだけの美人がなぜ、という思いが私の頭を過《よぎ》った。

いつもってことはない、と私は口を開いた。

「もちろん、気にはしている。何しろ、畑違いの会社から転職してきたんだ。不慣れなことも多いだろう。どんな会社、どんな業種にも、独自のルールがある。まだ加瀬にはそこがわかっていない。須崎部長のトラブルも、原因はそこにある。こんなことがないように、注意して見ていたつもりだったけど……」

そうかな、と理水がかすかに口角を上げた。言葉遣いが少しだけ変わっていた。

「あたしも酔っ払ったみたいです。だから、はっきり言いますけど、課長っていつも加瀬くんのことを考えてますよね」

テレパシーですか、と冗談めかして私は言った。

「いつから他人の心が読めるようになった？　他の課員と立場が違うんだから、気にはしてるさ。だけど、加瀬のことばかり考えているっていうのは違う。そんなに暇《ひま》じゃないつもりだ」

へえ、と理水が更に口角を上げた。私はグラスのワインを一気に飲み干した。

一刻も早く酔っ払わなければならない、と頭の中で非常ベルが鳴っていた。

そうとは思えないんですよねえ、と理水が勢いよくワインを飲んだ。

「何ていうか、そういう視線じゃないいんですよね。もっと熱いっていうか……それ以上は言いませんけど」

何が言いたい、とは聞かなかった。答えはわかっていたし、私の加瀬への想いを指摘されても、返す言葉はない。

二年前、付き合っていた人と別れました、と表情を消した理水が言った。

「それは三課の課員に話したことがありますし、課長も知ってますよね？　でも、別れた理由は言ってません」

「そうだったかな」

私は店員を呼んで、デキャンタをもうひとつとオーダーした。死んだんです、と理水が静かな声で言った。

「交通事故でした。彼とは将来の約束もしていました。そういう関係だったんです。でも、突然……ドラマの話じゃありません。現実に起きた事です」

知らなかった、と私は自分と理水のグラスにそれぞれ赤ワインを注いだ。

「同情なんて安っぽい言葉を使いたくはないし、安易なことは言えないが、ショックだったろう。もしかしたら、無神経な言葉を言ったことがあったかもしれない。だとしたら、申し訳なかった」

すまないと頭を下げると、突然過ぎて何も考えられませんでした、と理水が視線を横にずらした。

「二年前のあの日から、本当に何も考えられないまま、毎日を過ごしてきました。彼がいなくなっても仕事はこなせましたし、眠れたし、食事もできたし、笑うことも……でも、心は空っぽだったんです」

課長、と小峠が呼ぶ声がした。

「手を貸してください。加瀬の奴、トイレの便座に顔を突っ込んだまま寝ちまって……」

すぐ行く、と立ち上がった私の腕を理水が摑《つか》んだ。

「ずっと彼のことを忘れられませんでした。でも、今は……わたし、加瀬くんのことが好きです」

何も答えられなかった。加瀬くんに感謝しています、と私の腕を摑んだまま理水が囁いた。

「亡くなった彼のことを忘れてはいません。忘れられないってわかってます。でも、加瀬くんのおかげで、現実を受け入れることができるようになった……そんな気がしているんです」

早く来てください、と小峠が叫んでいる。これはわたしの勝手な気持ちです、と理水が早口で言った。

「恋なのかどうか、まだ自分でもよくわかっていません。ただ、ひとつだけ言っておきたいことがあります。課長……わたしの邪魔だけはしないでくださいね」

笑みを浮かべた理水が手を離した。今行くと言って、私はトイレに向かった。

7

翌日、九時半に出社すると、水曜だったが小峠と加瀬がデスクに座っていた。二人とも憂鬱《ゆううつ》そうな顔をしていたが、それは私も同じだ。

数分後、フロアに入ってきた藤堂部長が無言で部長席に大きな尻を下ろした。私たちは並んでその前に立った。

「リリービール社の久保田専務から指示があった」前置き抜きで、部長が事務的に言った。「今日中に須崎部長に謝罪するように。うちの社員が失礼な発言をしたのは誠に遺憾《いかん》だ、と専務は言っている。話は以上だ」

須崎部長に不快な思いをさせたことは申し訳ないと思っています、と私は頭を下げた。

「至急アポを取り、今日中にお詫びします。ただ、一点だけ確認させてください。今後の取引についてですが……」

その話はいい、と藤堂部長が舌打ちした。

「君たちが黙って頭を下げてくれれば、それで万事丸く収まる」

「しかし……」

そんなことより、と藤堂部長が眉間《みけん》に深い皺《しわ》を寄せた。

「門倉くんは、来週わたしと本社に行くんだ。久保田専務が須崎部長と話をつけてくれたんだぞ。お礼に行くのは当たり前だろう」

「話をつけたというのは？」

スッポンと蝮がどんな話をしたのかは知らん、と藤堂部長が太い首を振った。

「いいか、とにかくこっちから頭を下げて、誠意を見せろ。それだけでいい。余計なことは言うな」

ですが、と私は昨夜自宅で作っていた試算表を部長のデスクに載せた。

「現状の八〇パーセントであれば、どうにか利益を出せますが、もし先方が七〇パーセント以下に掛け率を落とせと要求してきた場合、ジョイフルスーパーでの予算は達成できなくなります。それでも構わないということですか？」

わかってないな、と部長が資料を私に突き返した。

「今回の件は、君たちが謝罪すればそれで終わる。もっと大局観を持ってくれ。リリーBS社はファイブスターリフレッシングHD傘下にある。その自覚はあるのか？　君たちのミスが原因で、グループ全体に迷惑をかけることもあり得るんだ。最悪、すべてのスーパーマーケット、コンビニエンスストアがファイブスターリフレッシンググループの全商品を扱わなくなることだって、ないとは言えない。そんなことになったらどうする？　いいからさっさとアポを取って、頭を下げてこい。それでこの話は終わりだ」

顔を見合わせた私たち三人に、今から部長会がある、と藤堂部長が腰を上げた。

「今回はこっちが大人になるんだ。わかったな」

大きなため息をついた藤堂部長が、フロアを出て行った。

須崎部長とアポを取ってくれと言った私に、口を尖《とが》らせた小峠が自分のスマホを取り出した。

8

ジョイフルスーパー本社は赤坂《あかさか》にあるが、商品管理部はJR小岩駅から二キロほど離れた三階建てのビルに入っていた。昔は小学校だったが、その跡地を買い取って建てたという。

ジョイフルスーパーでは百万点近い商品を扱っているが、小はクリップのような文具品、大は家電、家具までさまざまな種類があった。

バイヤーの仕事はその商品を直接確認し、仕入れるか仕入れないか、仕入れるとすれば、その総量を決めることで、そのためには広大な場所が必要となる。

埼玉の奥に商品管理部を構えている会社もあるぐらいで、都心から離れているのは珍しい話ではなかった。

午後四時のアポを取っていたが、私たち三人は三時前に小岩駅に集合し、チェーン店のコーヒーショップで対策を練っていた。

対策といっても、今回は頭を下げるしかないのだが、こういう時は何となくそんな気分になるものだ。

三時半過ぎ、私たちは駅前からタクシーに乗り込んだ。十分ほどでジョイフルスーパーの商品管理部に着き、一階の受付で会社名と人数を伝えると、会議室に通された。

早すぎましたかねと小峠が言ったが、遅刻するより百倍いいとだけ私は答えた。会話はそれだけだった。

四時ジャスト、会議室の扉が開き、ワイシャツとスラックス、ジャケットの代わりに紺《こん》のジャンパーを羽織《はお》った須崎部長が入ってきた。トレードマークの黒縁眼鏡は昔のままだった。

「何だ、門倉さんまで来たの」

立ち上がった私たちに、座りなよと椅子を指して、自分も腰を下ろした。それほど不機嫌な様子ではなかった。

後から入ってきた女性社員が、テーブルに麦茶の入ったグラスを四つ置いて、そのまま出て行った。

「このたびは大変失礼致しました」

立ったまま私が頭を下げ、小峠と加瀬もそれにならった。事前の打ち合わせで、まず謝罪から始めると決めていた。

「私の管理が行き届かず、須崎部長にご不快な思いをさせてしまったことをお詫びしなければならないと思い、本日はお邪魔致しました。お忙しいところお時間を割《さ》いていただき、本当にありがとうございます」

我ながら歯の浮くような台詞《せりふ》だったが、この辺りはマニュアル通りで、これぐらいへりくだっておけば、悪い気はしないだろう。

「門倉さん……そうか、課長になったんだよな。課長にそこまで言われたら、こっちも大事《おおごと》にしたいわけじゃないし」お茶をどうぞ、と須崎部長がテーブルを指した。「ただね、そちらのお若い方が、そういう言い方はないだろうみたいなことをね……リリーBS社さんとお付き合いすることになった経緯をわかっていないのに口を挟むのは、やっぱり違うんじゃないか？」

私の責任です、と更に深く頭を下げた。

「聞いておられるかと思いますが、加瀬は六月にうちへ移ってきたばかりで、取引先の事情について、伝えきれていないところがありました。それは課長である私の力不足によるもので、今後このようなことがないように気をつけます。お許しいただけないでしょうか」

こっちも感情的になって、つまらんことを言ったのはまずかったと思っている、と須崎部長が煙草《たばこ》に火をつけた。

「言い訳に聞こえるかもしれんが、掛け率のことをすっかり忘れちまっててさ。こっち側からすると、いきなり掛け率を上げると言われたと思っちゃったんだよ。ここからはそれこそ言い訳だけど、門倉さんもこっちの立場になってみてよ。十七年前の話なんだ。頭から抜けちまっても、無理ないと思わないか？」

誰でも忘れることはあります、と私は調子を合わせた。

十七年前だろうが三十年前だろうが、須崎部長に限って契約条件を忘れるはずはないのだが、今日ここへ来たのは謝罪のためで、話を丸く収めることが目的だ。余計なことを言って、事態をこじらせても意味はない。

小峠くんとそちらの新人くんが帰ってから、クボっちゃんと電話で話したんだ、と須崎部長が言った。

「そしたら、話が違うだろうって言われてさ。それでやっと契約の件を思い出したわけよ。考えてみたら、こっちも言い過ぎたかなと。中途採用の新人くんが事情をわかってないのは、当然だよなって」

クボっちゃんという呼び方は、親密さのアピールなのだろう。それは気にならなかったが、どういうわけか私は苛立っていた。

須崎部長の物言いが上からなのは昔からで、今に始まったことではない。態度が大きいのも前からそうだ。

須崎部長は〝かまし〟を入れてきた。それが私の認識だった。

何もわかっていない中途採用の新人が生意気な口を利いたと言い立て、掛け率をそのまま据え置こうと考えていたのだろう。

ただ、ファイブスターリフレッシンググループの全商品の取り扱いを停止するとブラフを入れたのは、勇《いさ》み足だった。言い過ぎたと須崎部長もわかったはずで、だからすぐに本社の久保田専務と連絡を取った。

二人が何を話したのかはわからないが、私たちの方から謝罪することで須崎部長の顔を立て、掛け率については契約通り進めるということになったのではないか。

それはそれでいい。私の安い頭など、いくら下げても構わない。

そして、須崎部長も言い過ぎたと認めている。これですべて片はついた。

そのはずだったが、私は苛ついていた。はっきり言えば、ムカついていた。

ただねえ、と須崎部長が小峠と加瀬を交互に見た。

「これだけは言っておきたいんだけど、そちらの若い人みたいに、それはどうなんでしょうって言われると、やっぱりカチンとくるよ。何言ってんだよ、あんたって。素人に口出しされたら、言い返したくもなるさ。門倉さんだってそうだろ？」

申し訳ありませんでした、と加瀬が頭を下げた。商社から転職してきたそうだけど、と須崎部長が煙を吐いた。

「業種が違うんだから、ルールだって違ってくるよ。その辺を教えてやるのも、門倉さんと小峠くんの仕事なんじゃないの？　新人くんは話が違うって言いたかったんだろ？　悪気があったなんて思ってないけど、あんな言い方をされたら、こっちだって意地になっちまう。まあ、まだ若いからね。その辺はおいおい……」

加瀬です、と私は取り上げたグラスをそのまま置いた。乾いた音が鳴った。

「彼は私の部下で、加瀬という名前があります。若いのとか、新人くんとか、そういう呼び方は止めていただけますか」

ずっと心の中で蠢《うごめ》いていた苛立ちの元はそれだった。須崎部長は加瀬のことを名前で呼ばない。

親しみを込めて、小峠を〝くん〟付けしているのはわからなくもなかった。コミュニケーションの取り方として、そういうやり方もあるだろう。

だが、今日私たちは謝罪に来ている。会社を代表するオフィシャルな立場だ。単なる商談や世間話をしに来たのではない。ましてや、酒の席でもない。他社の人間に対し、名前で呼ばなかったり、くん付けするのは違う。

課長、と小峠が目配せした。そこはいいじゃないですか、と目が言っていた。

加瀬に視線を向けると、やはり同じだった。気にしていません、とかすかに首を振っていたが、どうしても納得できなかった。

小峠のくん付けはまだいい。ジョイフルスーパーの担当になって二年、須崎部長ともそれなりの付き合いがある。くん付けで呼ぶことが習慣になっているのかもしれない。

だが、加瀬については違う。まだ三十前だし、転職して間もない。

この業界について、何を知っているのかと言われれば、何もわかっていませんと答えるしかないが、加瀬はリリーBS社の社員で、私の部下だ。

名前で呼ばないのは、人格を認めていないということだ。上司として、許すわけにはいかなかった。

「加瀬は私の部下です。きちんと名前で呼んでください。新興ビール会社の応援をして下さった須崎部長のご恩を忘れてはいませんが、それとこれとは話が違います。ビジネスはビジネスです。そこを明確にしていただけないのであれば、御社との付き合い方を考え直さなければなりません」

煙草のフィルターを強く噛んだ須崎部長が、不味《まず》そうに煙を吐いた。

「課長になると、言うことが違うよな……でかい会社の課長さんは、そんなに偉いのか？スーパーマーケットのひとつやふたつ、取引を止めても困らないって？」

そうではありません、と私は首を振った。

「リリーBS社はファイブスターリフレッシンググループの末端にある小さな会社です。それこそ吹けば飛ぶような孫会社に過ぎません。大きさで言ったら、御社はうちの数百倍です。ですが、現場で働いているのは、お互い人間じゃないですか。名前さえ呼んでいただけないような相手と、仕事をしたいとは思いません。私が言いたいのは——」

申し訳ありませんでした、と加瀬がその場で土下座した。

「須崎部長のおっしゃる通りです。素人が偉そうに口を挟むのは、失礼以外の何物でもありません。反省しています。いえ、感謝しています。今後は気をつけますし、ご指導いただければと思っています。本当にすみませんでした」

灰皿に煙草を押し付けて消した須崎部長が、白髪《しらが》交じりの頭を掻いて、加瀬さんと言った。

「そういうの、止めようよ。こっちも悪かったたって、本当にそう思ってる。だから、頭を上げてくれ……門倉課長、これはあれだね、もうちょっと時間をかけて話し合った方がいいんじゃないかな。商売っていうのは、お互いをよく知らないとうまくいかない。そういうもんだろ?」

おっしゃる通りです、と私は大きくうなずいた。ちょっと行こうよ、と須崎部長が握った拳《こぶし》を手前に傾けた。

9

その後、私たちは四人で小岩駅近くの居酒屋へ行き、一緒に飲んだ。須崎部長は私たち三人をそれぞれ〝さん〟付けで呼び、仕事の話は一切《いっさい》しなかった。手打ちのつもりなのだろう。

小峠と加瀬が須崎部長を挟み、場を盛り上げようとしているのを横目で見ていると、唐突にある本の題名が頭に浮かんだ。ジェーン・オースティンの『高慢と偏見』だ。

イギリスの古典文学で、ジャンルとしては恋愛小説になる。十九世紀初頭のイギリスが舞台だから、私たちの仕事とはまったく関係ない。

ただ、須崎部長の言葉の端々に、加瀬へのコンプレックスが感じられた。二十八歳という若さ、慶葉大卒、安河商事で働いていたキャリア、いずれも須崎部長にはないものだ。

高校を卒業してすぐジョイフルスーパーに入社し、商品管理部ひと筋で働いてきた須崎部長には、プロとしてのプライドがあった。だが、誰よりも優秀なバイヤーなのに、会社は便利屋扱いするだけだった。

実績を考えれば、取締役になっていてもおかしくないのに、五十五歳の今もジャンパー姿で現場に出ている。

能力が高いのに評価が低い鬱憤《うっぷん》を晴らすためなのか、いつの頃からか取引先に対して高慢な態度を取るようになった。

同時に、有名大学を卒業している者への偏見もあったのだろう。何もわかっていないくせに、という思いがあったに違いない。

高慢と偏見、それは須崎部長のコンプレックスから生まれたもので、世間知らずのお坊ちゃんを脅すのがプライドを護《まも》る唯一の方法だった。今回、そのターゲットになってしまったのが加瀬だ。

この件をきっかけに須崎部長が変わるとは思わなかったが、加瀬のことは認めてくれるようになるかもしれない。そうであってほしいと、私は心の中で願っていた。

同時に、自分が発した言葉について、改めて考えた。トラブル回避だけを常に念頭に置いている私があんなことを言うなど、自分で自分が信じられなかった。

ビジネスの世界では、お互いへのリスペクトが必要だ。相手が自分の子供ほどの年齢だとしても、社の代表として仕事に臨《のぞ》んでいる時は、丁寧《ていねい》語を使うべきだろう。

だが、あの時私が言った言葉は、社会人としての常識から出たものではない。加瀬の人格が認められていない、更には人間性が貶《おとし》められていることに怒って、腹立ち紛れに放ったのが、御社との付き合い方を考え直さなければなりません、というひと言だった。

私はどうしてしまったのだろう。加瀬のフォローがあったから救われたが、入社以来のキャリアを棒に振ってまで、加瀬に殉《じゅん》じるつもりだったのか。

クビにはならないにしても、地方の支社に飛ばされてもおかしくない暴言だ。妻の宏美、娘の沙南はどうなる？　門倉、そんなことも考えられなくなっているのか？

私の加瀬への想いは、決して報《むく》われない。それでも構わないと、心のどこかで思っているのか。それとも、恋とはそういうものなのか。

このままではいけない。今回は無事に済んだが、今後何かあったら、どうなるか自分でもわからなかった。

では、どうすればいいのか。答えはなかった。目の前にあるのは、深い闇《やみ》だけだった。

10

二軒目のスナックでカラオケを歌い続け、お開きになったのは夜十一時だった。

小岩駅から渋谷に出て、井の頭線に乗った。富士見ヶ丘のマンションに帰りついたのは、深夜十二時半過ぎだった。

（今日は飲んだな）

仕事柄、それなりに酒には強い方だし、深酒も珍しくない。ただ、今夜は限界寸前まで酔っていた。

もう宏美も沙南も眠っている時間だ。音を立てないように革靴《かわぐつ》を脱ぎ、明かりをつけた。

思わず腰を抜かしそうになった。リビングに宏美が座っていた。

「どうした……？　今日は遅くなるってＬＩＮＥしただろ？」

二軒目のスナックへ行く途中、宏美に連絡していたし、週に一、二度は午前様になる仕事だ。何か怒らせるようなことをしただろうかと思ったが、そんな覚えはなかった。

お茶でもいれるね、と立ち上がった宏美がガス台にケトルを載せた。特に普段と変わらない様子だった。

「いや、いい……それより、何をしてた？　どうして起きてる？　いや、別に起きてたっていいが、真っ暗にしておくことはないだろう」

考え事をしてた、と宏美がガスのスイッチを捻《ひね》った。

「考え事？」

聞きたいことがあるの、と宏美が向き直った。

「はっきり言うね。あなた、ここのところずっと変だった。様子がおかしかった。自分では気づいてないかもしれないけど、見てればすぐわかる。いつだって上の空で、何か別のことを考えてた」

何の話だ、と私はジャケットを脱いで椅子に腰を下ろした。悪いと思ったけど、と宏美が立ったまま言った。

「何度か、あなたのスマホを見たの。それは本当に悪かったって思ってるけど、そうするしかなかった。だって、この二ヵ月、あなたはまるで別人みたいで……」

考え過ぎだと言った私に、そうかもしれないと宏美がうなずいた。

「メールにも、ＬＩＮＥにも、おかしなところは何もなかった。でも、わかるの。正直に言って。女ができたのね？　会社の人？」

何を言ってると肩をすくめたが、宏美が力無く首を振った。

「そういうの、女にはわかるの。勘《かん》でも何でもない。間違いないってわかってる。あたしが聞きたいのは、浮気なのか本気なのか、それだけ。あなたのことはわかってるつもり。本気なら、もうどうにもならない。あたしのことはいい。でも、沙南はどうするの？」

馬鹿なことを言ってないでさっさと寝ろと言った時、ケトルが鳴り出した。だが、宏美は動こうとしなかった。

～最終接近遭遇～　はつ恋

1

その場で私は自分のスマホを開き、電話の着信履歴、メール、ＬＩＮＥ、フェイスブック、その他個人情報をすべて開示した。

速《すみ》やかに誤解を解かなければならない。そのためにはあらゆるデータを公開するのが最善の方法だ。

他にも仕事で使っているタブレット、更《さら》にスマホと併用しているスケジュール帳を渡し、自らの潔白《けっぱく》を主張した。

恐妻家のつもりはないが、現実問題として、宏美が疑っているようなことは何もしていない。

これは冤罪《えんざい》だ。裁判長、私は無実です。

ビール販売会社の営業マンが普通のサラリーマンより帰宅が遅くなるのは事実で、取引先の店にはキャバクラ、クラブ、ガールズバーなども含まれるから、そういう店へ行く機会も少なくない。

うちの会社に限らず、酒造メーカーの営業マンの離婚率は平均より高く、それは帰宅が遅いこと、女性のいる店へ通うことが二大原因だ、と先輩社員から常々言われていた。

もちろん、宏美もそういう仕事だと頭では理解しているはずだし、交際中もその説明は何度もしていた。

例えばキャバクラを訪店することもあるし、場合によっては銀座の高級クラブへ行くこともある。私の担当エリアには中央区があるから、どうしても行かなければならない店もあった。

交際している男性がそういう店へ行くことを、極端に嫌う女性が世の中に存在することは知っている。理屈も何もなく、嫌だ、不潔だ、不純よ、いやらしいと彼女たちは言う。

わからなくはないが、そういう店で何かあるはずもなく、仕事だから行っているのであって、個人の感想だが、決して好きではない。宏美もそれは理解してくれていたし、だからこそ結婚するに至ったのだ。

すべてをチェックした宏美が、何もないみたいね、と渋々ながら認めたのは午前二時だった。

当たり前だ、と私はうなずいた。

「浮気なんかした覚えはない。連日遅くなったり、ただ飲み歩いて遊んでいるだけでしょと思われがちな仕事なのはそうかもしれない。でも、それは違うんだ」

それぐらいわかってますと言った宏美に、続きがあると私は言った。

「おれたちの商売相手の半分は、居酒屋、バー、何でもいいが、要するに飲食店のオーナーだったり店長だ。一般の会社で言う接待とは違って、どうしても酒が絡《から》む。女の勘《かん》だと言うが、絶対ってわけじゃないだろう？　どこか怪しいところがあったか？」

ないけど、と宏美がうつむいた。ここのところ忙しかったのは本当だ、と私はテーブルの上に並べたスマホとスケジュール帳を指さした。

「それも話しただろ？　去年、三課から二人辞《や》めて、そのために課の売上ががた落ちした。六月になって、やっと二人入ったけど、どちらも若いし経験も足りない。営業は人との繋《つな》がりだから、紹介して回る必要もある。これでも課長だ。指導や教育も仕事のうちだよ。頭のどこかにそういうことが残ってしまうのは、仕方ないだろ？　別のことを考えてるっていうのは、思い過ごしだって。そう見えたかもしれないけど、違うんだ」

ゴメンなさい、と宏美が頭を下げた。

「変なこと言って、悪かったって思ってる。疑ってたわけじゃない。心配だったの」

本心と違うのはわかっていたが、とりあえず浮気はしていないと信じたようだ。明日も仕事だ、と私はカバンにタブレットとスケジュール帳を突っ込んだ。

「もう寝ろ。おれもシャワーを浴びたら寝る」

おやすみなさい、と宏美が寝室に入っていった。疲れたとつぶやいて、ワイシャツのボタンを外《はず》したが、それからしばらく腰を上げることができなかった。

2

翌朝、いつものように六時過ぎに目が覚めた。どんなに深酒をしても、この時間に起きるのは身についた習性だ。

身支度《みじたく》を整えてリビングに行くと、宏美がコーヒーとトーストを私の前に置いた。特に不機嫌な様子はなかったし、私も昨夜の話を蒸《む》し返すつもりはなかった。

だからといって、甘い会話があるわけではない。いつも通りの朝だった。

トーストをコーヒーで胃に流し込み、行ってくると立ち上がった。沙南はまだ寝ているようだ。

気をつけてね、と玄関まで送りにきた宏美に軽く手を振って、マンションの外廊下に出た。

年々そうだが、夏の暑さが厳しくなっている。八月初旬、朝六時半でも少し歩いただけで背中が汗ばんだ。

いつもより一本早い井の頭線に乗ると、永福町で急行に乗り換えるため、大勢の客が降りて行った。空《あ》いた席に座り、小さくため息をついた。

目をつぶると、昨夜の宏美の顔が頭の隅《すみ》を過《よぎ》った。不信感を絵に描いたような顔だった。

いわゆる浮気はしていない。それは絶対だ。神に誓う必要さえない。間違いなく何もない。

だが、浮気とは何を指すのだろう。その定義は？

妻がいる身で別の人を好きになったら、何も関係がなくても、それは浮気と言えないか？　女性でなく、同性の男性だとしても。どうなんだ、門倉。

哲学について語る気はないし、それだけの知識もないが、そもそも愛とは何なのか。そして恋とは何か。

四十歳は不惑《ふわく》だという。それなのに、まるで十代の少年のように私は迷い、悩んでいた。

困ったもんだ、と苦笑して目を開くと、視界の端に向かいのシートで腕を組んで眠っている若い男の姿が映った。

加瀬だ。

まさかと思い、凝視《ぎょうし》したが、間違いなかった。私から見て右斜め前、七人掛けの座席をひとつ挟《はさ》んだ席に座っていたのは、紛《まぎ》れもなく加瀬だった。

なぜ井の頭線に乗っているのだろう。文京区にマンションを借りていると聞いていたが、どうしてここにいるのか。

昨夜、十一時過ぎにＪＲ小岩駅で別れたが、あの後何をしていたのか。どこへ行ったのか。

不意に、六月中旬のことが頭に浮かんだ。環八通り沿いにあるドリームブックスという本屋で、同じ『銀の匙』に手を伸ばした男、それが加瀬だった。

改めて、あの時加瀬がなぜあの店にいたのかを考えてみた。加瀬の実家は杉並区にある。ということは、実家に帰っていたのか。

あるいは、昔の友人と会っていたのかもしれない。杉並区は加瀬にとって地元で、そこには友人も住んでいるだろう。

どちらかと言えば、後者の可能性の方が高いはずだ。二十八歳の独身男が、頻繁《ひんぱん》に実家に帰るというのは、考えにくい。

加瀬の年齢だと、中学や高校の頃の友人と付き合いが続いていてもおかしくない。大学の友人、安河商事の同僚ということもあり得る。

友人の家へ遊びに行き、その帰りにドリームブックスへ寄ったと考えるのが、一番自然な解釈だ。

あの日は日曜だった。休日に友人の家へ行くというのはよくある話だし、私の解釈とも矛盾《むじゅん》しない。

だが、昨日は平日で、しかも夜の十一時まで小岩で飲んでいた。あの時間から、杉並区に住む友人の家へ行く理由など考えられない。

どういうことなのか、と私は加瀬に目をやった。目覚める気配はまったくなかった。須崎部長を相手に、量も相当飲んでいたし、神経も使っただろう。トラブルを起こした責任も感じていたはずで、熟睡しているのは当然だ。

加瀬の様子を観察しながら、僅《わず》かに首を傾《かし》げた。私はどうして加瀬に恋をしたのか。どこに魅《ひ》かれたのか。

整ったルックスの持ち主だが、超がつくほどではない。上の中か下、厳しく査定すれば中の上かもしれなかった。

接していて気持ちのいい男だし、気が利《き》くところもあり、気遣《きづか》いもできる。自分を良く見せようとしないが、かといって卑下《ひげ》することもない。裏表のない正直な男、というのが私のイメージだった。

だが、それがどうしたと言われれば、返す言葉はない。男性であれ女性であれ、そんな人間は少なくないだろう。

にもかかわらず、私は加瀬に恋をしていた。いったいなぜなのか。

人は見た目が九割だという。営業マンという仕事柄、第一印象が大事なのは嫌というほどわかっていた。

気が合う人、合わない人は初対面でもわかるし、ほとんどの場合その直感が外《はず》れたことはない。多くの人がそうだろう。

ドリームブックスで初めて遭遇した時、加瀬に対して思うことは何もなかった。一瞬のことだったし、顔さえろくに見ていない。どちらかといえば、欲しかった本を奪っていった男という意味で、むしろ印象は悪かった。

その後、会社で顔を合わせることになったが、私は加瀬を覚えていなかったし、加瀬の方は未《いま》だに気づいていないだろう。一瞬の遭遇だったから、別に不思議ではない。

ドリームブックスで『銀の匙』を抜き取っていったのが加瀬だと気づくまで、私と彼は課長と中途採用の社員という、ただそれだけの関係だった。

真里のような社内異動とは違い、うちへ来るまで顔も名前も知らなかった男だ。

管理責任は直属の上司である私にあり、教育も含め様子を見るのも私の義務だった。商社マンがビール販売会社に入ってきたのだから、畑違いもいいところで、仕事ができるも何もない。人間性を見ていた、というのが正直なところだ。

好感が持てるタイプで、社会人としての常識が身についているのはすぐわかった。対人感覚に秀《ひい》でているし、人当たりもいい。

だが、ほんの一瞬、寂《さび》しそうな表情が顔を過ることがあった。そうではないかもしれない。虚無《きょむ》感、あるいは絶望感が顔に浮かぶことがある、そう言った方がより正確だろう。何かあったのか、と思わず声をかけたくなるような、肩を抱いて励ましたくなるような、そんな表情。

問いただしたことはない。聞いても答えないのはわかっていた。ただ、加瀬のそんな表情を見るたび、何もできなくてもそばにいたいと思うようになった。寄り添うことが慰《なぐさ》めになるのではないか。

その想いが積み重なり、恋という形になった。そういうことなのだろう。

まもなく渋谷に到着します、というアナウンスが聞こえた。私はそっと席を立ち、隣の車両に移った。なぜか、加瀬と顔を合わせたくなかった。

3

世間は盆休みに入っていたが、ビール業界の旬は夏だ。繁忙期と言ってもいい。

他のビール会社もそうだと聞いているが、リリーBS社の夏休みは社員の自己申告制だった。

世間の休みは、飲食店にとって稼《かせ》ぎ時でもある。商品を販売するビール会社としても、のんびりできなかった。むしろ、普段より忙しいぐらいだ。

とはいえ、忙中閑《ぼうちゅうかん》ありで、誰もいない三課にぽつんと一人残り、ぼんやり時を過ごすこともあった。そんな時、頭に浮かぶのは加瀬のことだった。

数日前、営業担当の小倉《おぐら》役員が、暑気払《しょきばら》いということで飲み会を開いた。特に意味のある会ではなく、時間が空いていた私も参加した。

総勢十人ほどの部課長が集まり、ビアホールで飲んでいると、加瀬の話題が出た。

「それにしても、安河商事のエリート社員がどうしてうちに来たんだ？」

小倉役員の問いに、さあ、と私は首を振った。わかるとすれば、面接を担当した役員や部長だろう。

もちろん聞いたさ、と小倉役員がビールのジョッキを片手に言った。聞きましたとも、と藤堂部長が力強くうなずいた。この人は上の発言を繰り返す癖《くせ》がある。

「彼は何と答えたんです？」

私の質問に、向いていないと自覚したとか、そんなことだったと小倉役員が首を捻《ひね》った。

「あの時は聞き流していたが、考えてみると妙じゃないか？　天下の安河商事だぞ？　合う合わないとか、そんな理由で辞めるか？」

話はそれで終わったが、疑問は私の中にもあった。仕事上のトラブルで辞めたのではない、と人事の調べでわかっていた。

後は人間関係ということになるが、加瀬が上司や同僚と揉《も》めることなど考えられない。三課に加瀬が配属されてから、どうして安河商事を辞めたのか、と私は小峠と時々話すことがあった。

ただ、突っ込んで聞くわけにもいかないし、転職に抵抗がない世代なのだろうということで納得していた。

だが、よくよく考えてみると、小倉役員ではないが、妙といえば妙だった。

もっとも、いくら考えたところで答えが出ないのはわかっていた。安河商事に乗り込んで、何があったのかと問いただすことはできないし、円満退社だと聞いている。

まだ入社二ヵ月半だ、と私はつぶやいた。そんな短い時間で人間性を判断することはできないし、理解するのはもっと難しい。いつか加瀬が話してくれる時まで、待つしかなかった。

4

半月ほどが経《た》った。世間が盆休みを終え、私たちにもそれなりに日々のリズムが戻ってきていた。

　八月最後の月曜日、朝会が終わると、他の課員が会議室を出るのを待っていた加瀬が、相談がありますと近づいてきた。一人だけ残っていた小峠が、小さくうなずいた。

　何かあったのかと尋ねると、加瀬より先に小峠が口を開いた。

「〝めくり〟にリーチがかかっています。自分じゃないですよ。加瀬の手柄です。入社三ヵ月足らずの中途採用社員が〝めくる〟なんて、聞いたことありますか？」

　〝めくり〟とは酒類販売業界の用語で、オセロと呼ぶ会社もある。要するに、ひとつの飲食店が扱っている酒類、我々でいえばビールだが、それを他社から自社へすべて変更することを意味する。

　私も十七年ビールの営業マンをしている。〝めくり〟が簡単ではないと、よくわかっていた。

　ほとんどの飲食店は、新規に店をオープンする際、酒類を中卸《なかおろし》、つまり酒屋から仕入れる。ここではビールに限定するが、銘柄すなわちメーカーを決めるのはオーナーもしくは店長だ。

　中卸が間に入る形で、ビール会社と連絡を取り、担当の営業マンと店側が話し合う。多くの場合、この段階ではどちらも取引をするとまだ正式に決めていない。

　さまざまな条件交渉があり、ビール会社が店に対し何らかの便宜《べんぎ》を図ることで、ようやく決定に至る。それがこの業界の商習慣だ。

開店に当たっては運転資金の援助、銀行の紹介など、付き合いが濃密になり、結果としてメーカーとの結び付きは強固になる。

これはひとつの例だが、繁華街《はんかがい》を歩いていると、店名の下にウェーブビールやビアゴールドのロゴがある看板を見かけることがある。自社の宣伝の意味もあるが、ビール会社が費用を負担して、店のために作っているものだ。

棚を作ってビールサーバーを設置するのもよくあるサービスの一つで、ビールサーバーはメーカーによって基準が違い、形や大きさも異なる。一度設置してしまえば、自動的に棚のレイアウトが決まってしまうから、他のビール会社のサーバーと取り替えることができなくなる。

サービスというより、以後、強制的に自社ビールを扱わせるという意味合いの方が大きいかもしれない。

さまざまな形でビール会社は店に協力する。店の側にも恩義がある。その出来上がっている関係に割り込み、信頼を勝ち取らなければ、〝めくり〟は成立しない。

従って〝めくり〟は難しく、何年もかかるというのが常識だったが、加瀬は三ヵ月で〝めくり〟にリーチをかけたという。前代未聞の大手柄だ。

運が良かっただけです、と加瀬が口を開いた。冷静なのは、まだ〝めくり〟の重要性をよくわかっていないからだろう。

「七月の初め頃、会社帰りに西銀座のコンドルに行ったんです。有名店ですから、見学のつもりでした。早い時間で客が少なかったこともあって、カウンターを挟んで店の人とスーツを着た中年男が口論しているのか声が耳に入ってきたんです。クレームをつけているのかと思ったんですが、スーツの男はウェーブビールの営業マンで、話が違うとか、そんなことを言い合ってました」

〝めくる〟のはコンドルか、と私は大きく息を吐いた。中途採用おそるべしですよ、と小峠が笑った。

「自分だったら、そういうこともあるだろう、で終わったでしょう。何しろコンドルですからね」

コンドルは昭和四十年にオープンした洋風居酒屋で、いわゆる飲み屋とは違い、食事を楽しみながら酒を飲むという、当時としては斬新なスタイルの店だった。例えばピザやパスタをフードメニューに導入したのが最も早かったのはコンドルだ。

格式も高く、支店は五店舗だけで、いずれも銀座、丸の内《まるのうち》など、千代田《ちよだ》区、中央区、港《みなと》区にある。

開店当初からウェーブビール社と関係が深く、西銀座の本店はウェーブビールとその関連商品しか扱っていなかった。そもそも、オーナーがウェーブビールの元社員なのだから、付け入る隙《すき》などあるはずがない。

今でこそランドマークになる店が他にもあるが、ひと昔前まではコンドル前で待ち合わせ、というのが当たり前だった。西銀座のシンボル的な名店だ。

私も小峠も、コンドルを攻略しようなどと考えたことはなかった。東京スカイツリーを引っ繰り返せと言われるのと同じで、無理なものは無理だ。

その後、ウェーブビールの営業マンが出て行きました、と加瀬が説明を続けた。

「店の人の胸に、店長・柿谷《かきや》と名前があったので、閉店時間まで粘《ねば》って、話しかけたんです。コンドルは夜十一時に閉店なんですけど、朝の四時まで付き合わされましたよ。要するに、ウェーブビールが横暴で、約束を守らないってことなんですが――」

あそこのオーナーは木場《きば》さんじゃなかったかと言った私に、自分も知らなかったんですが、と小峠がうなずいた。

「去年、木場オーナーは千葉の老人ホームに入ったそうです。八十歳近かったですからね。子供がいなかったので、甥《おい》が跡を継ぐことになったわけですが、それが柿谷さんという今の店長です。その辺の事情がわかっていれば動けたんじゃないかと言うかもしれませんが、何しろコンドルですからね。店長が代わったからといって、おいそれとは手を出せませんよ」

そんなこと言うはずない、と私は首を振った。確かに店長が代わる時は、〝めくり〟のチャンスだが、コンドルとウェーブビール社の関係性を知っているだけに、動いても無駄だと私も思っただろう。

今は柿谷さんがオーナー兼店長を務めています、と加瀬が言った。

「以前は調理師だったそうですが、十年ほど前、叔父《おじ》に誘われて、コンドルで働くようになったと言ってました。ウェーブビールのことは、最初からあまりよく思っていなかったようです。付き合いが長過ぎて、馴《な》れ合いの関係になっているみたいな……ただ、木場さん自身がウェーブビールのOBですし、柿谷さんも口を出したことはなかったそうですが」

柿谷さんはコンドルを今までの高級洋風居酒屋から、更《さら》にグレードアップしようと考えていました、と加瀬がうなずいた。

「でも、ウェーブビール社から強い反対を受けたと……口論していたのもそのためだったんです。素人《しろうと》が余計なことをするなとか、そこまで言われて我慢できなくなったと話していました」

その日から毎日、土日も関係なく、こいつはコンドルに通い詰《つ》めたんです、と小峠が加瀬の肩を叩《たた》いた。

「他にも電話を入れたりメールしたり……営業マンの基本と言われればそうですけど、自分たちでもなかなかそこまではできないじゃないですか。そうやって柿谷さんの懐《ふところ》に飛び込んで口説《くど》き落として、ウェーブビールからうちに乗り換える内諾《ないだく》を取ったんです。しかも、たった二ヵ月足らずの間にですよ」

昨日、加瀬から話を聞いて、その足で自分も一緒にコンドルに行きました、と小峠が話を続けた。

「柿谷店長と話しましたが、多少の条件こそありますけど、リリーBS社さんとお付き合いしたいと……課長、何とか言ってくださいよ」

コンドルほどの名店を〝めくる〟というのは、常識的にはあり得ない。それを中途採用の加瀬がやってのけた。凄《すご》いな、という言葉しか出てこなかった。

ぼくの力じゃありません、と加瀬が手を振った。

「タイミングというか、運が良かっただけです。ウェーブさんの慢心、驕《おご》りみたいなこともあったんでしょう。何十年も付き合っていたわけですから、油断していたんじゃないですか？　ビギナーズラックですよ」

私は加瀬の手を摑《つか》んで、強く握った。小峠がいなかったら、抱きしめて頰《ほお》ずりしていたかもしれない。

「多少の条件と言っていたが、先方の要求は何だ？」

提示されているのは、厨房《ちゅうぼう》のリニューアル費用をうちに負担してほしいということです、と加瀬が言った。

「柿谷さんはフードメニューを充実させたいと考えていて、それには厨房を改装する必要があると……具体的な金額については、試算した上で、権限のある人と話したいということでした。全面改装となると、どれぐらいかかるのか……課長に相談したかったのは、そこなんです」

なるほどとうなずいた私に、いつまで手を握ってるんですか、と小峠が苦笑した。

「全額負担しろ、とは柿谷店長も言ってません。自分も厨房を見ましたが、数百万ほどじゃないですか？　それでコンドルがうちの店になるなら、安いもんでしょう」

アポはいつでも取れます、と加瀬が言った。

「まずは課長に紹介して、ある程度具体的な話ができればと思ってるんですが……」

今夜でもいい、と私はうなずいた。

「この〝めくり〟の件を知ったら、ウェーブビールも黙ってはいない。大金を積んでも慰《い》留《りゅう》しようとするだろう。だが、コンドルほどの名店なら、うちも最大限の条件を提示できる。これは大勝負だな……コンドルを〝めくれ〟ば、他の店もうちに乗り換える可能性が出てくる。三課だけじゃなく、他の課とも話し合う必要がありそうだ。もちろん、上とも話す。うまくいくといいんだが……」

どんな業界でも、ビジネスは戦争だ。毎日のように局地戦が起きている。

だが、これは大戦争になるとわかっていた。勝てば都内飲食店のシェア三位のリリービールが二位、場合によってはトップに立つかもしれない。

飲食店は巨大な試飲場でもある。客がリリービールの美味《おい》しさを知れば、個人で買う時にもリリービールを選ぶようになるだろう。

その時、リリービールは創業以来初めて、ウェーブ、ビアゴールドと肩を並べることができる。コンドルを〝めくる〟ことには、それだけの意味があった。

アポを取ってくれと言うと、加瀬がスマホを取り出した。ガンガン攻めましょう、と小峠が長机を強く叩いた。

5

翌日の昼、藤堂部長を筆頭に、課長の私、主任の小峠、そして今回の〝めくり〟の立役者である加瀬の四人でコンドルを訪れ、柿谷店長と話し合いの場を持った。

ウェーブビールの店という意識があったため、私はコンドルに行ったことがなかった。

それは藤堂部長も同じで、柿谷店長とは初対面だ。

挨拶《あいさつ》をして、お互い簡単に自己紹介をした。私よりひとつ年上で、元料理人というキャリアも含め、行動力のある人だという印象を受けた。

中央区、千代田区など、いわゆる都心では、老舗《しにせ》店と新興チェーン店との戦いが何年も続いている。勢いは新興チェーン店側にあり、時代に乗り遅れた、あるいは読み間違えたかつての名店が次々に潰《つぶ》れていたが、コンドルは別格で、今も人気は高い。

だが、変革の必要性を柿谷店長は感じていたのだろう。強い危機感を持っているのが、言葉の端々から感じられた。

ウェーブビール社との付き合いが長くなり過ぎて、緊張感がお互いになくなっていた、と柿谷店長は何度も繰り返し言った。加瀬が偶然見たという営業マンとの口論も、最近では珍しくなかったそうだ。

心機一転ではないが、このままではまずいと思っていたところに、加瀬が声をかけたことから、この話は始まっていた。その意味では、ビギナーズラックの側面もあった。

加瀬の根回しが利いていたため、話し合いは順調に進んだ。最終的にはビールだけではなく、コンドルが扱う酒類、ソフトドリンクに至るまで、すべてをファイブスターリフレッシングHDの商品に替える包括《ほうかつ》契約を結ぶ、というところまで話は及んだ。

「加瀬くんと話していて、リリーBS社さんとお付き合いすれば、一括で仕入れが済むことに気づきましてね」

例えばあれです、と柿谷店長がカウンターの奥にあったウォーターサーバーを指した。

「ファイブスターさんは水や氷、もちろんウイスキーやワイン、スピリッツ類、ビールその他アルコール類は言うまでもありませんが、カクテルやジュースを販売している子会社もありますよね。ぼくは店の料理もドリンク類も、統一感があるべきだと考えています。ファイブスターさんには、会社独自の味というか、それがあるじゃないですか。コンドルにとって、一番のメリットはそこなんです」

酒造メーカー、あるいは飲料品メーカーには、どこでも開発部という部署がある。各社とも新しい商品を次々に開発、投入していかなければ、生き残ることはできない。

そこにはベースになる味がある。テイスト、と言ってもいいかもしれない。

水なんてどこのメーカーでも同じだ、という人もいるだろうが、飲み比べてみれば素人でも違いはわかる。料理人だった柿谷店長には、それがより明確に感じられるのだろう。

コンドルにはフードメニュー、ドリンクメニュー、多くの品があるが、そこに統一感がなければならない、という信念が柿谷店長にはあった。

今日、私たちがコンドルを訪れたのは、一種の表敬訪問で、顔合わせという意味合いが大きかった。柿谷店長としても、いきなり明日からすべてをリリーBS社に切り替える、というわけにはいかない。

重要なのは、お互いの意思確認で、細かい条件は今後詰めていくことになる。早ければ年内に決まるだろうが、焦《あせ》る必要はなかった。

二時間ほどで話を終え、店を出た時、柿谷店長が私を呼び止めて、加瀬さんは熱心ですねと言った。

「門倉課長仕込みです、と本人は言ってました。中途採用と聞きましたが、優秀な部下がいて羨《うらや》ましいです」

　なかなか下が育たなくてとこぼした柿谷店長に、今後とも加瀬をよろしくお願いしますと頭を下げると、こちらこそ、と笑《え》みを浮かべた。

「それにしても、彼は面白い男ですね。何というか、何かしてやりたい、と思わせるところがあります」

　確かにそうですとうなずいた私に、お兄さんが亡くなられているそうですが、と柿谷店長が声を低くした。

「彼が高校生の時、ガンで亡くなったとか……そのためかもしれませんが、放っておけない感じがします。門倉課長もそう思いませんか？」

　そうですねと答えながら、私は混乱していた。加瀬の兄がガンで亡くなっている？

　配属されてきた時、世間話のつもりで家族について聞いたことがあった。確か歓迎会の時だ。

　十歳上の兄がいます、と答えていた記憶があるが、それ以上触れることはなかった。仲が良くないのだろうと思っていたが、兄のことを話さなかったのは、亡くなっていたからだったのか。

　高校生の時に兄を亡くした加瀬のショックは、大きかったはずだ。十年ほど前になるが、忘れられるはずもない。

兄がいますと言ったのは、本人の中で思い出として生きているという意味だったのかもしれない。

だから御社にお世話になる、と決めたわけじゃありません、と柿谷店長が軽く肩をすくめた。

「あくまでも加瀬さんの熱意というか、誠実さを信じたからです。今後ともよろしくお願いします」

戻るぞ、と先に店を出ていた藤堂部長が私を呼んだ。小峠がタクシーを停めている。

次は客として来ますと頭を下げ、タクシーに乗り込んだ。その間も混乱は続いていた。

私は加瀬について、何を知っているのか。プライベートな部分は何も知らないのではないか。誰よりも加瀬のことを理解していると思っていたが、それは間違いだったのか。

どうして三課の課員に、兄が亡くなっていることを話さなかったのか。いや、他の連中はいい。私に言わなかったのはなぜだ。信頼していない、ということなのか。

タクシーが走りだした。ここからが勝負だなと藤堂部長が言ったが、その声は私の耳を素通りするだけだった。

6

ビールが最も売れるのは夏で、暦の上では六、七、八月の三ヵ月がそれに当たる。

だが、地球温暖化の影響なのか、九月に入っても厳しい残暑が続いていた。仕事は忙しかったが、それより加瀬のことで頭が一杯だった。

それとなく人事の東尾に探りを入れると、中途採用試験の時に提出された履歴書に、兄の記載はなかったという。家族構成を書く欄《らん》はあるが、兄弟が亡くなっている場合、そこまで書く者はいないし、その必要もないそうだ。

冷静に考えてみると、歓迎会で家族のことを聞かれ、兄がいましたが十年前に死にました、とわざわざ言う者はいないだろう。そんな暗い話をする場ではない。

入社早々、何でも話せるはずもないし、家族の死のようなデリケートなことは言いにくいのもわかる。だが、だからこそ、私にだけは話してほしかった。

十歳上の兄は、社会人だったことになる。詳しい事情はわからないが、高校生の加瀬には重過ぎると判断した両親が、兄の病気について教えていなかった可能性もあった。

年齢から考えると、兄のガンの進行は速かったのではないか。突然、兄を亡くした喪失感は大きかっただろう。

今も強く引きずっているとは思えないが、忘れたはずもない。触れてほしくないことは、誰にでもあるだろう。

話の筋はわかった気がしたが、同時に自分の心を汚いものが覆《おお》っていることに気づいていた。柿谷店長に対する嫉妬《しっと》だ。

加瀬は兄の死について、私に話していない。だが、柿谷店長には話した。嫉妬はそこから生じていた。

事情は理解できる。小峠によれば、信頼関係を築くため、加瀬は毎日のようにコンドルへ通っていたという。

〝めくり〟とひと言で言うが、〝めくられる〟側の店にとっては大きな決断だ。リリーBS社というより、担当者を全面的に信じることができなければ、〝めくり〟は成立しない。

相手の信頼を勝ち得るためには、自分の情報をすべてオープンにするのがベストだ。自分自身の人間性を伝え、理解してもらう。

それが信頼の第一歩であり、そこには家族やプライベートな情報も含まれる。安河商事で営業マンとしての経験があった加瀬はそれをよくわかっていた。

相互の信頼があってこそ、ビジネスは成立する。嘘《うそ》や隠し事があってはならない。それが営業マンの鉄則だ。

加瀬が自分から積極的に兄の死について話したとは思えない。会話の流れの中で、そういう話になったのだろう。

それにしても、と私は深いため息をついた。加瀬、おれとお前は上司と部下でしかないのか？　それだけの関係に過ぎないのか？

コンドルの〝めくり〟にリーチがかかったという話題で、会社全体が盛り上がっていた。もちろん加瀬の手柄だが、課長の私も評価の対象になる。だが、私の心は真っ暗だった。

7

水曜の昼、永島さんにお茶に誘われた。驚天動地《きょうてんどうち》とはこのことで、年齢で二つ上、入社年次でひとつ上の永島さんに誘われたのは、入社以来初めてだった。

年次がひとつ上というのは、会社の縦のラインで言えば直の先輩ということになる。ビール販売がメインの会社だから、若い頃は何かといえば先輩に連れ回され、食事や酒の席に呼ばれたものだが、永島さんは超然という表現がそのまま当てはまるほど、後輩と付き合わないことで有名だった。

あの人はケチだから、というのが私たち後輩の認識だったが、そういうことではないといつの頃からかわかるようになっていた。徹底した個人主義というか、要するに人間関係が苦手なのだ。

そんな性格の人がどうしてビール会社の営業マンになったのか、その方が不思議だったし、実際永島さんの営業成績は決していいと言えない。

ぎりぎりでノルマは達成するが、それ以上の成果を出したことはなかった。取引先とも、どこか距離を置いて付き合う人だ。

その永島さんに、お茶でも飲みませんかと言われて、どれほど驚いたか表現できないが、社内の人間に聞かれたくない話だとわかり、二人で東銀座駅近くのチェーンコーヒー店へ行った。

話は簡単です、とカウンターで受け取ったアイスティーのグラスを持った永島さんが、窓際の席に座った。

「渚と織田なんですが、離した方がいいと思いますね」

どういう意味ですか、と私はアイスコーヒーをストローで啜《すす》った。渚にとって良くありません、と永島さんが言った。

「ここのところいろいろあって、課長の目が行き届いていなかったのはわかります。ただ、渚が自分の仕事もろくにせず、織田にかかりきりになっているのはまずいでしょう」

それは仕方ないんじゃないですか、と私はグラスを掻《か》き混ぜた。

「織田はうちに入社して五年で、ビール業界についてはよくわかっていますが、それだけにまっさらな加瀬より指導は難しいかもしれません。ですが、ぼくとしては、織田を教育することが渚の成長に繋がると思っています。自分の仕事が二の次になっても、やむを得ないでしょう」

　そうじゃありません、と永島さんがかすかに口元を歪《ゆが》めた。

「渚が仕事をしないのは、課長への当てつけです。反抗してるんですよ」

「ぼくの下で働くのが嫌だってことですか？」

　自分のことをいい上司だとは思っていない。年齢や職歴でトコロテン式に課長になっただけだ。私に最も欠けているのは統率力で、それは自分自身が一番よくわかっていた。

　ただ、それはポジティブな意味での放任主義と言えなくもない。課員それぞれの判断と責任で仕事をすればいい、何かあったらペナルティは私が受ける、と課長職に就《つ》いた時から決めていた。

　課員に対し、厳しいノルマを課したり、叱責《しっせき》したこともない。営業二部の他の課では、競争心を煽《あお》って課員を鼓舞《こぶ》したり、厳しい態度で部下に接する課長もいたが、私の流儀ではなかった。

　永島さんも含め、全員を平等に扱っているつもりだ。加瀬の存在によって多少の揺れはあったが、だからといって渚に反抗される覚えはない。

　単純な話です、と永島さんがアイスティーを一気に吸い上げた。

「渚は織田に好意を持っています。最近の若い連中は、コンピューター相手だと器用ですが、リアルな人間関係の構築は下手《へた》ですね」

評論家のようなことを言い出したが、永島さん自身が人付き合いが苦手なので、妙な説得力があった。

昔とは違い、営業マンの多くが取引先と直接顔を合わせることなく、メールやＬＩＮＥで商談を進めるのが、主流になっている。それが世の趨勢《すうせい》だが、酒類販売会社に関して言えば、まだ昔流のやり方の方がメインだ。

酒という商品の特性上、新商品のビールを送りつけて、美味しいと思ったら店で扱ってください、という営業は通じない。

それよりも、一緒に飲んだ方が話は早いし、スムーズに商談が進む。特に私たちのように個店営業がメインの部署だと、店を訪れた際に一杯飲んでいくのは職業上の習慣だし、礼儀でもあった。

だが、渚はまさに今時の若者で、メールやＬＩＮＥ上では饒舌《じょうぜつ》だが、三課に来た頃は実際に訪店させると、何もできないまま帰ってくることもあった。渚に限ったことではなく、同世代の社員はそんなものだ。

営業に向いていないのではなく、慣れていないだけのことだから、一年かけてじっくり育ててきたつもりだ。最近は積極性が出てきたと思っていたが、それが違う方向に向かっているらしい。

「ですが、渚が織田に好意を持っているとしても、それは別に構わないんじゃないですか？　二人とも独身ですし、問題はないでしょう。織田の方にその気がないのなら、どうしようもありませんが……」

織田に渚への好意なんてあるはずないでしょう、と永島さんがグラスをトレイに載せた。

「彼女は課長に恋愛感情を抱《いだ》いています。営業への異動を強く希望したのは、課長のためなんです。本人も悩んでいるようですが、それは感情の問題ですから、余計な口出しはできません」

私はまじまじと永島さんののっぺりした顔を見つめた。何事にも我関せずがモットーのこの人が、真里の心のひだまで見ていることに驚きがあった。

真里が私に好意を持っているのはわかっていたが、それには応《こた》えられない。意識的に、なるべく近づかないようにしていた。

渚としては、課長さえいなければと思っているでしょう、と永島さんが先を続けた。

「織田のためにどれだけ尽くしても、彼女の視線は課長に向いたままです。やる気がなくなるのは当然で、二人にとってマイナスになるだけです。今すぐということではなく、どちらかを他の課に移すしかないのでは？　うちの定期異動は六月と十二月です。それまでに根回ししておいた方がいいと思って、余計なお世話ですが意見を言ったまでです」

話はそれだけです、と軽く頭を下げた永島さんが店を出て行った。

真里が私に好意を持っている理由は、私もよくわかっていなかった。以前、会議の席で彼女をかばったことがあったが、あれがひとつのきっかけだったのかもしれない。だが、それだけではないのだろう。

数式ではないから、A＋B＋C＝Dという理由があって、あなたに恋をしました、ということにはならない。恋とはそういうものだ。

恋に落ちるという言葉があるが、結局そういうことなのだ。どんなに小さな穴でも、そこに落ちる者はいるし、巨大な穴でも平然と越えていく者がいる。

恋とは、計算や効率でするものではない。それだけはわかっていた。加瀬に恋している私が、まさにそうだったからだ。

首を捻りながら、アイスコーヒーを啜った。渚の真里への恋心、真里の私への想い、そのために渚が私に反発していることを、永島さんに指摘されるとは思ってもいなかった。

意外だが、見るべきところは見ているようだ。

もしかしたら、渚の真里への想い、あるいは真里の私に対する恋心に気づいたように、私の加瀬への感情についても察しているのかもしれない。

理水もそうだ、と残っていたアイスコーヒーを飲んだ。彼女は私の加瀬への想いに気づいている。

やりにくいな、とつぶやきが漏《も》れた。アイスコーヒーの苦みが、いつまでも口の中に残った。

8

九月二週目の土曜日、本屋に行ってくると言って、家を出た。あれから宏美は私のスマホをチェックするのを止《や》めていたし、私も何も言わなかった。

私の浮気を疑っていた宏美は、それが自分の思い過ごしだったと暗に認め、それなりに平和な日々が戻っていた。

休日、本屋に行くのは私のルーティンで、交際していた頃もしょっちゅう本屋巡《めぐ》りをしていたぐらいだ。私の趣味が読書だと知っているから、行ってらっしゃいと言われただけだった。

マンションの駐車場から車を出し、環八通りへ向かった。いつもなら、このままドリームブックスへ行くのだが、今日は違った。

しばらく走ったところで車を停め、ジーンズのポケットから一枚の紙を取り出した。加瀬の現況届のコピーだ。

リリーBS社では現況届に緊急連絡先の住所を書くことになっていた。独身者なら、基本的に実家ということになる。

ナビにその住所を入力すると、距離一・五キロと音声案内の声が車内に響いた。私も杉並区民だから、だいたいの見当はついていたが、思っていたより近かった。

現況届は個人情報で、課長であろうと誰であろうと、勝手に利用することなど許されるはずもないのだが、私はあえてそのルールを破った。悪用するつもりはなく、あくまでも確認だ、というのがその言い訳だった。

初めて加瀬と遭遇した六月中旬から、今日までのことを考え合わせ、総合的に判断すると、頻度《ひんど》こそわからなかったが、休日に実家に帰っているという結論に達していた。そうでなければ、辻褄《つじつま》が合わない。

友人の家へ遊びに行っている可能性もあったが、平日の夜中に訪れるようなことはしないだろう。あるとすれば、恋人の家ということになるが、三課に来た時の歓迎会で、恋人はいるのかと小峠に聞かれた時、いませんと加瀬ははっきり答えていた。あれが嘘だとは思えない。

その後も何度か小峠が飲みの席で同じことを聞いていたが、答えは同じだった。小峠も飽《あ》きたのか、最近はそういう質問をしなくなっていた。

加瀬に特定の女性がいてもおかしくない。慶葉大卒、安河商事勤務というキャリア、背が高いわけではないが、それなりに整ったルックスの持ち主だ。普通に考えれば、いない方がおかしい。

ただ、本人はいないと明言していたし、思い込みかもしれないが、加瀬に恋人がいる感じはしなかった。情況証拠ではないが、スマホがそうだ。

今時の恋人同士なら、連絡はお互いのスマホで取る。電話であれ、メールであれLINEであれ、いずれにしてもスマホ一台あれば事足りる。

私自身、定期的にスマホをチェックする習慣があった。妻の宏美はもちろん、友人や親しくしている取引先の人間から連絡が入ることがあるためだが、加瀬はめったにスマホを見なかった。

リリーBS社はビールの販売会社だから、一般企業と比べると飲む機会が多い。そういう席では、座るのと同時に自分のスマホをテーブルに置く剛の者もいるが、加瀬はスーツのポケットに入れたままだった。

恋人がいる男なら、チェックしたくなるのが人情だろう。逆に言えば、恋人がいないからスマホをチェックする必要がない、ということになる。

車を走らせながら、つらつらとそんなことを考えていると、間もなく目的地周辺ですとナビが言った。

何のためにここへ来たのか、自分でもわかっていなかった。確認のためだというのはあくまでも言い訳で、そもそも確認することなど何もない。

加瀬の実家を見たところで、どうなるものでもないだろう。土曜だから両親がいるかもしれないが、会社の上司ですと挨拶するわけにもいかない。変な人が来たと通報される可能性すらあった。

近くにあったコインパーキングに車を停め、外に出た。散歩をしているだけだ、と自分に言い聞かせて歩きだした。

もしかしたら、今日、加瀬が実家に帰っているかもしれない。そして、外出しているかもしれない。

それこそ散歩であったり、買い物であったり、何となくということもあるだろう。実家に帰って部屋に閉じこもっているというのも妙な話で、外の空気を吸いたくなることがあってもおかしくはない。

万が一の偶然があるかもしれない。散歩中の私と加瀬が出くわすという、奇跡のような偶然。

『おい、加瀬か？　どうしたんだ？』

『門倉課長？　課長こそ、何をしてるんです？』

『散歩だよ。おれの家はこの近所なんだ』

『そうなんですか？　実はぼくの実家もすぐそこで——』

奇跡的な偶然が起きた時のために、頭の中で想定問答を繰り返しながら歩き続けた。

そうだったのか。知らなかったよ。よくこの辺りを散歩するんだ。家にいたって、特にやることもないしな。

ところで加瀬、時間があるならお茶でもどうだ？　何なら飲みに行ってもいい。知ってる店があるんだ。何しろ、この辺はおれの庭みたいなもんだからな。

ほとんどストーカーに近いが、妄想《もうそう》は膨《ふく》らんでいく一方だった。宏美には偶然会社の部下と会って、そのまま飲みに行くことになったと連絡すればいい。駄目とは言わないだろうし、男同士なのだから、疑われることもない。

次の角を曲がったら、そこに加瀬がいるかもしれない。振り返ったら、加瀬が歩いているかもしれない。そう思うだけで、胸が苦しくなるほどだった。

時間がどんどん過ぎていき、陽《ひ》が傾き始めていた。それでも、もしかしたらという思いが私の足を止めなかった。

今日、ここで加瀬と会えたら、それは運命だ。お前が好きだといきなり告白するつもりはなかったが、好意を伝えようと思っていた。

私がどれほど強く想っても、加瀬がその気持ちに応えてくれることはない。それはわかっている。

だが、友人にはなれる。会社では課長とその部下だが、むしろそれは邪魔だった。求めていたのは、対等の友人という関係だ。

年齢差や会社の上下関係を抜きにして、友人として一緒の時間を過ごしたかった。他の誰よりも、私たちはわかり合える。それには確信があった。

同じ時間、同じ空間を共有したい。他の場所へ出掛けてもいい。

二人で映画を観《み》たり、美術館へ行くのもいいだろう。その感想を二人で話したい。それが私の切なる願いだった。

中学生の頃、似たようなことをしたな、と思い出した。同じクラスの矢島《やじま》理砂《りさ》ちゃんという女の子を好きになったが、告白する勇気はなかった。

その代わり、彼女がいそうな場所に出向いたり、彼女が使っていた駅の改札に一日中立っていた。

もしかしたら会えるかもしれないと思い、待ち続けた。誰でも似たような経験があるのではないか。

だが、理砂ちゃんの時もそうであったように、奇跡は起きなかった。加瀬が現われることはなかった。

当たり前の話で、今日加瀬が実家に帰っているのかどうか、それすらわかっていない。帰っていたとしても、家の中にいたら出会えるはずもないし、外出していたとしても、同じ道を歩いていたとしても、数分違うだけで彼と会うことはできない。

コインパーキングに戻り、車のエンジンをかけた。馬鹿なことをしたと苦笑が浮かんだが、明日も来てみようと考えている自分がいた。

9

九月半《なか》ば、コンドルの柿谷店長との交渉は順調に進んでいた。

リリーBS社としては、コンドルを〝めくる〟重要性を、上は社長から下は今年入社したばかりの新入社員に至るまで理解していたから、どんな条件でも呑《の》むつもりだったが、柿谷店長から無理な要求はなかった。それが交渉をスムーズに進めた大きな要因だった。

スタンスとして、私は柿谷店長との交渉を加瀬と小峠に一任していた。この案件は加瀬の努力によるもので、偉そうにでしゃばるつもりはなかったし、傍《はた》から見ていても柿谷店長との関係は良好だった。

上が余計な口出しをして話をぶち壊すというケースが稀《まれ》にあるが、今回ばかりは一つのミスも許されない。報告を受けて、適宜《てきぎ》指示を与えるという役割に徹するのがベストだという判断があった。

無責任に丸投げしていたわけではない。〝めくり〟にはそれなりに金がかかるし、その額も決して小さくない。

加瀬はもちろんだが、主任の小峠、課長の私でも即答できない場合があった。その時は藤堂部長が交渉の場に臨《のぞ》み、社としての立場を説明し、具体的な金額を提示することになっていた。

トドと呼ばれ、動きが鈍《にぶ》いことで有名な藤堂部長が積極的に前に出たのは、ウェーブビール社が私たちリリーBS社とコンドルが急接近していることに気づいた気配があったからだ。

自分の店を〝めくられて〟黙って見ているビール会社など、日本のどこを探してもあるはずがない。必ず取り戻そうとするし、コンドルほどの名店なら、破格の条件を申し出てもおかしくなかった。

どんな条件であっても断わります、と柿谷店長は確約していたが、ノーと言ってもウェーブビール社は手を替え品を替え、再交渉を申し入れてくるだろう。

数十年の付き合いがある会社と手を切るのは、口で言うほど簡単ではない。しがらみや情もある。

一番早いのは既成事実を作ってしまうことで、そのためにリリーBS社も柿谷店長の側も、早く契約を結ぶ必要があった。

リアルなことを言えば、交渉を進めている今もコンドルは営業しており、店ではウェーブビールを出している。

つまり、ウェーブビール社の営業マンとは常に接触があり、何があってもおかしくない状況だ。

もろもろの事情を踏まえて、九月末に仮契約を取り交《か》わすことが決まった。そこさえ押さえておけば、リリーBS社も動きやすくなるし、柿谷店長もウェーブビール社に取引中止を通告することができる。

私を含め、課長クラスの者なら、誰でも〝めくり〟の経験がある。逆に〝めくられた〟こともあった。

飲食店を相手にするこの業界では、奪《と》った奪られたは日常茶飯事で、そこでしのぎを削っているという一面がある。

ウェーブビール社には〝スナイパー〟と呼ばれる〝めくり〟の専門部隊まであるぐらいだが、コンドルほどの名店を〝めくられた〟ことは、後にも先にもないはずだ。

リリーBS社としては、まさに会心の一撃だが、逆に言えばそれだけプレッシャーも大きかった。仮契約の席にはリリーBS社の専務、各部の部長も出席し、和平条約の調印式のような雰囲気さえあった。

コンドルとの仮契約は、九月三十日の昼に無事結ばれた。その夜、藤堂部長が三課の課員を労《ねぎら》うための食事会を開き、会社近くの中華料理店の個室に永島係長以外の全員が集まった。

無事に終わってほっとしたというのが私の率直な思いだったが、他の課員たちは気分が高揚しているのか、最初から場は盛り上がっていた。

今回の幹事は渚と真里で、二人はお互いをカバーし合いながら、藤堂部長や小峠のオーダーをまとめていた。

先週ぐらいから、何となく二人の間に流れている空気が柔らかくなったように感じていたが、私の知らないところで何かがあったようだ。

きっかけひとつでどう転ぶかわからないのが男女の仲だから、しばらくは見守るつもりだった。

「お疲れさまです」

隣の席に座った加瀬が、グラスにビールを注《つ》いだ。殊勲賞《しゅくん》だなとその肩を叩いて、私はビールを飲んだ。

「運が良かっただけです、とお前は言うだろうが、それだけじゃない。おれたちに見えないところで、努力していたはずだ。まぐれ当たりだとしても、こんな特大のホームランは聞いたことがない。まだすべてが終わったわけじゃないが、とにかく今日のところは飲もう」

ラッキーパンチが当たっただけです、と加瀬が自分のグラスにビールを注いだ。

「ぼく一人の力では、ここまでうまく話は進まなかったでしょう。課長や小峠さんのバックアップがあったからこそ、打てたホームランです。ありがとうございました」

おれは何もしていないと手を振った私を、加瀬が見つめた。

「何だ？」

「本音を言うと、もうちょっと助けてもらえると思っていました」

グラスのビールを半分ほど一気に飲んだ加瀬が、口元を手で拭《ぬぐ》った。

「課長の気持ちはわかっているつもりです。部下の手柄を横取りしたくない、そういうことですよね？　小峠さんがいるから大丈夫だと思っていたのかもしれませんが、正直なところ結構なプレッシャーで、それは小峠さんも言っていました。どうして課長は交渉の場に来てくれないんだって」

小峠とおれの決裁権にそれほど差はない、と私は言った。

「相手がコンドルクラスになると、課長の手に負える代物《しろもの》じゃないんだ。今日もサインしたのは専務だっただろ？　毎日報告は聞いていたし、方針を伝えて指示を出したら、それ以上できることはない。偉そうにでしゃばるつもりもなかったしな」

グラスに目をやった。視線を逸《そ》らしたのは、他にも理由があった。

コンドルを〝めくる〟という報告を受けた後、私は加瀬と小峠と共に柿谷店長と会った。それは課長としての義務であり、責任でもあった。課長の私が状況を把握していなければ、どう動くかを決めることはできない。

だが、二回目に会った時、心のどこかに泡《あわ》が生じていることに気づいた。加瀬と柿谷店長の関係が良過ぎるという苛立《いらだ》ちだ。

〝めくり〟をする際、ビール会社の担当者は相手と心中《しんじゅう》するぐらいの気持ちがなければならない。それだけの信頼感がお互いに必要だ。

加瀬と柿谷店長は兄弟のようであり、年の離れた親友のようでもあった。そうあるべきだとわかっていたが、抑え切れない嫉妬心があった。

私が交渉の場にいると、話を壊しかねない。そう考えて、あえて距離を取ることにした。本心はそういうことだった。

だが、それは加瀬に言えない。他の誰に対してもだ。加瀬への恋愛感情は、絶対に表に出せなかった。

目を逸らした私に、加瀬は何も言わなかった。何かを察したのだろうか。

加瀬くん、と呼ぶ声がした。目の前に理水が立っていた。

「どうしたの、今日の主役でしょ？　さっきから小峠さんが延々と自慢話を続けてるけど、みんなは加瀬くんの話が聞きたいの。どうやって柿谷店長を落としたのかって」

その話はしただろ、と加瀬が苦笑を浮かべた。

「たまたまウェーブビールの営業マンと揉めていた現場に居合わせただけだって……トラブルの気配があることぐらい、誰だってわかったさ。相手のミスに付け込んだだけで、自慢できるような話じゃないんだ」

　いいから、と理水が加瀬の腕を取った。

「そんなの、よくある話でしょ？　他人の不幸は蜜《みつ》の味じゃないけど、ウェーブビールの側に油断があったからこうなっただけで、そんな暗い顔することないと思うけど……」

　そうじゃないんだ、と加瀬が理水の手をそっと外《はず》した。

「コンドルを〝めくった〟のは、うちの会社にとって大きな意味があるんだろう。でも……そんなに気分がいいわけじゃない。本当は、あんなふうに〝めくり〟たくなかった。これじゃ前と変わらない」

　加瀬の顔に陰が差していた。今まで見たことがないほど、辛《つら》そうな表情だった。

「前って……安河商事にいた時のこと？　何があったの？」

　理水の声に、その場にいた全員が顔を向けた。どうしたどうしたと大声をあげた小峠を、藤堂部長が止めた。

　安河では石油を扱っていた、と加瀬が低い声で言った。

「ぼくの主な仕事は、石油メジャーから買い付けた原油を他の国に売り込むことだった。毎回ってわけじゃないけど、品質が落ちる製品だとわかっていても、付加価値があるとセールスして売り込まなきゃならないこともあった。善人ぶるわけじゃなくて、ぼくはそんなにタフじゃない。メンタルは弱い方なんだ」

「わからなくもないけど……」

「慣れていくと、平気でそういうセールスができるようになった。でも、ある日突然自分のことが怖くなった。最低の品質の製品でも、最高ですって言い切る自分が怖かった。こんなことを続けていたら、自分のことを嫌いになるってわかった。自分が惚《ほ》れ込んだ商品を、自信を持って売りたいと思うようになったんだ」

「だから、うちに来たのか？」

小峠の問いに、そうですと加瀬がうなずいた。

「転職を考えるようになって、何が好きなのか、何を売りたいのか、真剣に自分自身に問いかけました。セールスという仕事自体は好きでしたし、必要な人に何かを売ることで、ウィンウィンの関係になるような、そんな仕事がしたかったんです」

どうしてビールだったんだと聞いた小峠に、もともと好きでしたから、と加瀬が答えた。

「そこそこ味もわかるつもりです。大学生の時からビールを飲んでいましたけど、ぼくはリリービールが一番好きでした。何ていうか、丁寧《ていねい》に、誠実に作っていることがわかるような気がしたんです。でも、世間の知名度はウェーブビールやビアゴールドの方が上ですし、ウエハラビールは品質が高いと言われてますよね？　ぼくはリリービールの方が上だと信じています。もっと多くの人に飲んでほしいと思い、それで転職を決めました」

すごいビール愛だねと言った渚を小峠が肘《ひじ》で突いた。コンドルに限らず、と加瀬が口を開いた。

「どんな店でもリリービールを扱ってほしいと思っています。純粋に味わってもらえば、良さをわかってもらえるはずだと……時間がかかっても、そうやってリリービールを広めていきたかった。でも、今回のコンドルの件は違います。相手のミスに付け込むようなやり方は、安河にいた時と同じで……」

甘ったれたことを言ってるんじゃないよ、と小峠が加瀬の背中を叩いた。

「長い目で見れば、お前の言う通りかもしれない。だけど、うちにハンデがあるのは確かだ。社歴の浅さは、知名度や信頼感と直結している。その差を埋めるのは簡単じゃない。いいじゃないか、柿谷さんを騙《だま》したわけじゃないんだ。ウェーブビールとの揉め事に乗じる形で〝めくった〟のが不本意なのかもしれないけど、それも仕事のうちだろ？」

その辺にしておけ、と藤堂部長が二人の間に入った。トドだけに、動きに重量感があった。

「今日は慰労会だぞ？　言い争う場じゃない。加瀬が言っているのは理想論で、悪いとは言わんが、そこにこだわっていたら、どんなビジネスをやってもうまくいかなくなる。柿谷店長だって、ウェーブビールと揉めたとか、お前の熱意にほだされたとか、そんなことだけでうちと商売すると決めたわけじゃない。あの人はあの人で、リリービールの方が自信を持って客に薦《すす》められると信じたからこそ、うちを選んだんだ」

珍しくいいことを言いましたね、と囁《ささや》いた小峠を睨《にら》みつけた藤堂部長が乾杯し直そうとグラスに手を伸ばした時、ちょっとトイレへ、と加瀬が立ち上がった。

「すぐ戻ってきます。乾杯はそれまで待っててください」

早く行ってこいと小峠が背中を押し、笑い声が起きた。勝手に体が動き、私は加瀬の後を追った。

10

「大丈夫か?」

ドアをノックすると、そのまま開いた。店のトイレは男女兼用で、小用のための便器が二つ、そして大用の個室があった。

洗面台で顔を洗っていた加瀬が、ペーパータオルで顔を拭い、鏡越しに私を見た。笑みを浮かべていたが、表情は引きつっていた。

飲み過ぎました、と蛇口を捻った加瀬が手を洗った。

「三十歳になると近くなるって言いますけど、ぼくもそろそろなのかな」

三十じゃまだ早い、と私はハンカチを差し出した。

「コンドルの件だが、負担をかけさせて悪かった。そういうつもりじゃなかったが、おれがもっと前に出るべきだった」

気にしないでください、と加瀬がハンカチを断わり、またペーパータオルを何枚か引き抜いた。

「いい勉強になりました。素人の怖い物知らずで、コンドルを〝めくる〟ことがどれだけ大きな意味があるのかわかっていなかったんです。わかっていたら、あんな無茶はできませんでした」

終わり良ければすべて良しだ、と私はハンカチを自分のポケットに戻した。

「最初から不思議だった。安河商事といえば五大商社のひとつで、あそこのエネルギー部門は国内でもトップクラスだ。そんなエリートコースにいた人間が、どうしてうちみたいな小さな会社へ来たのかって……」

会社の規模で仕事を決めたりはしません、と加瀬が言った。

「それなら公務員でも目指してますよ。あれこそ究極の大企業ですからね。でも、好きでもない仕事を何十年も続けることはできません。安河に入社したのは後悔していませんが、社風が合わないと思ったのも本当です。リリーBS社に転職して正解でした」

無理していないか、と肩に手をかけたが、加瀬は振り向かなかった。

「気持ちはわかるつもりだ。おれだってリリービールの味や品質に、自信と愛着がある。

ウエハラビールを抜いて業界三位になったとはいえ、トップツーとの差は大きい。それでも、地道な営業努力を続けていけば、必ず売れると信じているから、毎日頑張《がんば》れる。〝めくる〟ような強引なことをしなくても、コンドルと真摯《しんし》に向き合い、誠実に付き合っていれば、いつかリリービールを扱ってくれるようになっただろう。そうするべきだったのかもしれない」

時にはやらなきゃならない場合もあるでしょう、と顔を上げた加瀬が鏡越しに微笑《ほほえ》んだ。

「コンドルのような名店を〝めくれ〟ば、波及効果は大きい。部長や役員はそう言ってましたよね？　ただ、ぼくは……ぼくとしては正々堂々ウェーブビールと勝負したかったんです。トラブルに乗じたり、隙をつくような形じゃなく、品質で勝ちたかったと――」

後ろから加瀬の背中を抱きしめた。自分でも止められなかった。

「加瀬、お前は間違っていない。不本意なことをさせて済まなかった。飲食店の一軒一軒と真摯《しんし》に向き合うのが、おれたちの本来のビジネスだ。誠意をもって口説《くど》くのと、隙をついて奪うのは違う。お前の言う通りだ」

腕に力を込めた。加瀬の体は温かく、いつまでも抱きしめていたかった。

かすかな靴音《くつおと》に振り向くと、理水が立っていた。咄嗟《とっさ》に加瀬から腕を離すと、無言のまま背中を向けた理水が立ち去っていった。

「でも、コンドルを〝めくった〟のは、ウェーブビールに勝ったということです」向き直った加瀬が、右手を差し出した。「藤堂部長も言ってましたが、柿谷さんはリリービールの良さを認めてくれています。戻りましょう」

加瀬の手を、私は両手で包み込むように握りしめた。時が止まればいいと思ったが、あっさり手を離した加瀬がトイレから出て行った。

「どうした、ウンチか？」個室に戻った私と加瀬に、笑いながら小峠が言った。「待たせるんじゃないよ、真打ちは後からってことか？」

全員立て、と藤堂部長がグラスを片手に号令をかけた。

「ご苦労だった。加瀬、小峠、特にお前たち二人はよくやってくれた。コンドルを〝めくった〟ことで、我が社にも更に追い風が吹くだろう。思えば二十三年前、わたしがリリービール社に入社した頃――」

話が長くないですかと渚が囁いた。その声が聞こえたのか、藤堂部長が空咳《からせき》をした。

「つまらん話は止めよう。とにかく乾杯だ。リリーBS社のますますの躍進と全員の健康を祈念して、乾杯！」

乾杯、と全員が声を揃《そろ》えた。見回すと、理水の姿がなかった。

「気分が悪くなったって、先に帰りましたよ」渚が空いていた席を指した。「姐《ねえ》さんにしては珍しいですけど、顔色が真《ま》っ青《さお》でしたからね。ビール販売会社の社員が急性アルコール中毒で病院行きなんてことになったらまずいだろうって、帰った方がいいと藤堂部長が勧めたんです」

立ったまま、私はグラスのビールを一気に飲んだ。なぜ理水がこの場から去って行ったのか、理由はわかっていた。

11

翌日は土曜日で、休日だった。慰労会そのものは夜十時にお開きとなっていたが、店を出た記憶はなかった。

あの後、私はビールに始まり、シャンパン、ワイン、そしてウイスキーと、ひたすら飲み続けた。

酒にはそこそこ強い方だが、小峠や藤堂部長が驚いたように見ていたことは、切れ切れに覚えている。あれだけのハイペースで飲み続けたのは、人生でも初めてだ。

結果として、慰労会が終わる頃には前後不覚になるまで酔っていた。十時に店を出たというのも、そうだったはずだ、ということでしかない。

うっすら覚えているのは、今日はタクシーで帰れ、と藤堂部長が言ったことだ。それほどひどい酔い方をしていたのだろう。

小峠か渚か、それとも他の誰かなのか、よく覚えていないが、誰かがタクシーに私を押し込み、そのまま自宅へ帰った。途中、二度タクシーを停めて、コンビニのトイレで吐いた気もするが、その記憶も曖昧《あいまい》だ。

目を覚ますと、パジャマ姿でベッドに横になっていた。宏美が着替えさせてくれたのか、それとも無意識のうちに自分で着替えたのか。

上半身を起こすと、強烈な頭痛に襲われ、目眩《めまい》がした。這《は》うようにしてリビングへ行き、キッチンの冷蔵庫から二リットル入りのミネラルウォーターのペットボトルを取り出して、半分ほど飲んだ。壁にかかっている時計が、十時半を指していた。

「大丈夫？」

顔を上げると、宏美が心配そうに私を見ていた。大丈夫じゃない、と舌をもつれさせながら答えた。

「どうしたの？　珍しいよね、そこまで酔うなんて」

コンドルをめくった、とペットボトルを抱いたまま、私はリビングの椅子《いす》に腰を下ろした。沙南はと聞くと、少し前に友達の家に遊びに行ったと宏美が答えた。

父親のみっともない姿を見せずに済んでよかったと思いながら、また水を飲んだ。お茶の方がいいんじゃないの、と宏美が言った。

「何か食べたいとか、そんなことはないでしょ？」

聞いただけで吐きそうだ、と私は口を手で押さえた。

「熱いお茶の方がいい……悪いな」

宏美が急須《きゅうす》にポットからお湯を入れて、茶を注いだ。夕べは慰労会という名の祝勝会でさ、と私は水とお茶を交互に飲んだ。

「話しただろ？　コンドルを〝めくる〟っていうのは、いろんな意味ででかいからな。仮契約が終わって、気が緩《ゆる》んだんだろう。そんなつもりはなかったけど、つい飲み過ぎて……」

見たことないぐらい酔ってた、と宏美がうなずいた。

「何があったのかと思ったわよ。何にも覚えてないでしょ？　あなた、鍵《かぎ》を開けられなかったのよ。ドアの向こうでごそごそ音がしてるから、泥棒だったらどうしようって、怖々《こわごわ》開けてみたら、外廊下にあなたがうずくまってたの」

騒いでいなかったか、と左右に目を向けた。マンションなので、両隣にも住人がいる。酔っ払って大声を上げていたら迷惑だし、顔も合わせづらくなるだろう。

泣いてた、と宏美がぽつりと言った。

「おれが？　泣いてた？」

涙を流していたわけじゃないけど、と宏美が自分の湯呑みを取り上げた。

「何ていうか……叱《しか》られた子供が泣くのを堪《こら》えてるみたいな、そんな感じ。本当に辛い時って、そうなのかもしれない。大声で泣けば、もっと楽になるのにね」

宏美に言いたいことがあるのがわかり、私は湯呑みをテーブルに置いた。

「夕べ、九時ぐらいかな？　由木さんって女の人から電話があったの」宏美が家の固定電話に目をやった。「門倉課長と同じ部署で働いていますと言ってたけど、きちんとした話し方で、真面目《まじめ》な人だってわかった。嫌みで言ってるんじゃない」

由木と浮気でもしてると思ったのかと苦笑すると、宏美が小さく首を振った。

「声の様子とか雰囲気で、そういうことじゃないのはすぐわかった。でも、夜の九時過ぎに上司の自宅に電話をかけてくるなんて、普通じゃないでしょ？　どういうことなんだろうって戸惑《とまど》ってたら、門倉課長には好きな人がいますって彼女が言ったの。これってもしかして、別れてくださいとか、そういう電話なのかなって思った。ドラマとかでよくあるじゃない？」

「由木もそうだし、他の女性とも何もない」

そう言った私の顔を見つめた宏美が、湯呑みのお茶をひと口飲んだ。

「門倉課長が好意を持っているのは、同じ営業三課にいる加瀬夏生という二十八歳の男性社員です……由木さんはそう言ってた。何の話ですかって言ったわよ。そう言うしかないじゃない。二十八歳の女性社員ならわかるけど、男の人なんですって言われても、返しようがないでしょ？　男の人で、同性を好きになる人がいるのは知ってる。それが悪いなんて思わない。でも、あなたは違う。だから、何かの間違いですって言って電話を切ったの」

好きっていうのは、と私は顔をしかめた。

「話したよな、中途採用の社員がうちの課に来たって。それが加瀬なんだ。性格もいいし、やる気もある。ビール販売会社の社員としてはまだ半人前だけど、鍛《きた》え甲斐《がい》のある男だ。部下に愛情を持つのはいけないか？　加瀬に好意を持っているというのはそういう意味で――」

あたしもそう思った、と落ち着いた表情で宏美が言った。

「でも、帰ってきたあなたを見て、由木さんが言っていた意味がわかった。どういうことなのか、さっぱりわからないけど、あなたはその加瀬さんという男性に好意以上の気持ちを持っている。はっきり言えば、恋をしてるんだと思う」

それこそドラマの話だ、と私は肩をすくめた。

「おれはお前と結婚している。沙南も生まれた。恋愛の対象は女性なんだ。おれだってゲイに偏見なんかない。当たり前じゃないか。ただ、それとこれとは話が違う。おれは加瀬に恋なんか……」

していないって言い切れるの、と宏美が私の顔を覗《のぞ》き込むようにした。

「結婚している人間が浮気をしたり不倫するのは、絶対に間違ってる。遊びでそんなことをしたら、多くの人が傷つく。でも、こうも思うの。結婚していても、真剣な恋をすることはあるかもしれないって……本気の恋なら、あたしには止められない。沙南のこともあるから、簡単に答えは出せないけど、あなたが恋をした相手が男性だったとしても、話し合いには応じるつもり」

違うんだ、と言いかけた私の手をそっと宏美が握った。

「自分でもよくわかっていないんじゃない？　本心っていうか、加瀬さんって人のことをどう思っているのか。それが恋なのか、それとも何かの思い込みなのか、もしかしたら丸っきりの勘違いかもしれない。どちらにしても、あなたは自分の気持ちをはっきりさせるべきだと思う。好意を持っているって、加瀬さんに正直に伝えてみたら？　彼があなたのことをどう思っているか、それさえわかっていないんでしょ？」

仮に恋だとしても、受け入れられるはずがないと言った私に、絶対にないわけじゃない、と宏美が苦笑した。

「あたしは今から買い物に行ってくる。その後、沙南を迎えに行って、ママ友の稲田《いなだ》さんとランチすることになってるの。帰りは夕方になるかも」

「それは……おれにどうしろって言うんだ？」

そんなの自分で考えてよ、と宏美が立ち上がった。

「相手が女の人だったら、また違うんだろうけど……こっちだって複雑なのよ。どうしろとか、そんなこと言えない。ただ、どういう結果になったとしても、引きずってほしくない。今日中に全部はっきりさせた方がいいと思ってる」

自分の湯呑みをシンクに置いた宏美が、そのまま玄関から出て行った。何をどうすればいいのかわからないまま、私はペットボトルに口をつけて水を飲んだ。

12

シャワーを浴び、髭《ひげ》を剃《そ》り、パジャマを着替えた。無意識のうちに選んでいたのは、いつものスーツだった。

それからスマホを取り出し、テーブルに置いた。加瀬と会うと決めていた。会って、気持ちを伝えよう。全部はっきりさせた方がいいと宏美は言ったが、その通りだ。

いつまでも中途半端な気持ちでいるわけにはいかない。どこかで決着をつけるべきだ。

一時間、スマホで加瀬の番号を呼び出してはオフにし、また呼び出すという不毛な作業を繰り返したが、電話をかけることはできなかった。そんな勇気はない。

気づくと、昼の十二時になっていた。ひとつだけできることがあった。

酔いは醒《さ》めていた。家を出て車に乗り、目指したのはドリームブックスだ。あそこで加瀬を待つ、と決めていた。

それは賭《か》けで、勝算は何ひとつなかった。今日、加瀬が実家に戻っているのか、それさえわかっていない。

戻っていたとしても、ドリームブックスに来る保証はない。時間すらはっきりしない。常識で考えれば、そんな偶然が起きるはずもなかった。

空振りに終わるとわかっていたが、これもまた決着のつけ方だ、と車を走らせながら思った。

会えたとすれば、それは運命だ。何と思われても構わない。加瀬に自分の気持ちを伝えよう。

もちろん、会えない可能性の方が圧倒的に高い。百対一どころか、千対一、万にひとつもないだろう。それもまた運命だ。

どういう形であれ、恋愛には何らかの偶然が作用する。

例えば同じ学校に通っていた女の子に恋をし、付き合うことになったとしよう。二人がお互いを想い合うようになる理由はともかく、同じ時期に同じ学校に通っていたという偶然があったからこそ、二人は出会い、恋をすることになった。

紹介でも合コンでもマッチングアプリでもナンパでも、その事情は変わらない。同じ時間、同じ空間を共有し、二人のタイミングが合ったからこそ、恋が生まれる。

最初から結ばれる運命だった、というのは恋に浮かれたバカップルの寝言で、必然と偶然の要素が複雑に絡み合い、その結果として人は恋をする。

そうであるなら、偶然に賭けてみよう。事実は小説より奇なりと言うが、時としてあり得ないことが起きるのが人生だ。

奇跡を含めての必然であり、私たちが結ばれるのが運命なら、今日、加瀬と会えるはずだ。

十分もかからず、ドリームブックスに着いた。駐車場に車を停め、店内に入ると、いつもと変わらない光景が広がっていた。

本屋には独特の雰囲気がある。最近はネット書店が人気だが、私は断然リアル書店派だ。

古いと言われようが何だろうが、書棚に収められている大量の本、雑誌、紙の匂《にお》いや風合い、そして店内に漂《ただよ》う独特なざわめき、本との偶然の出会い、どれも私にとってなくてはならないものだった。

そういうことか、と改めて思った。この感覚を、加瀬となら共有できる。そう直感したからこそ彼に恋をした。

他の誰よりも心が通じ合う相手。それが男性であれ女性であれ、その想いこそが恋なのだろう。

書店のいいところは、何時間店内にいても構わないことだ。十年ほど前からだと思うが、店内に椅子や喫茶スペースを設置する本屋も増えている。こういう形態の客商売というのも、珍しいのではないか。

一時間待ち、二時間待った。加瀬は現われなかった。書棚の間を回りながら、待ち続けた。

時計を見ると、夕方の四時になっていた。少しだけ、緊張していた。初めて加瀬とこの店で遭遇したのが、四時過ぎだったからだ。

最初から、加瀬がこの店に来るとすれば、四時前後だろうと予想していた。人間は習慣の生き物だし、ドリームブックスに寄るのがルーティンになっているとすれば、大きく時間がずれることはないはずだ。

レジから少し離れた文庫本の新刊台の前に立ち、店のエントランスを見つめた。ドリームブックスは出入り口が一カ所しかないので、加瀬が入ってくるのはそこしかない。

十分、二十分、三十分。刻々と時間が過ぎていった。加瀬は現われなかった。

あと十分だけ待ってみよう。四時四十分になっても加瀬が来なければ帰ろう。それが運命なら、従うしかない。

四十分になった時、もう十分だけ、と自分自身に時間延長を命じた。五十分になった時には、きりのいい五時までと理由をつけ、その後は十分刻みで泣きの一回、ラストワンチャンス、あらゆる言い訳を並べて、その場から動かなかった。

六時になった時、閉店まで粘ると決めたが、レジにいる店員の視線が気になった。文庫の新刊台の前に、根が生《は》えたように立ち尽くしている私は挙動不審もいいところで、何をしているのかと思っているだろう。

やむを得ず、文庫棚の前を右へ左へと歩くことにした。出入り口は見えるから、加瀬が入ってくればすぐわかる。

(来てくれ)

人生で一番真剣に祈った。加瀬、来てくれ。気まぐれでも何でもいい。

おれはここにいる。待っている。お前が来てくれさえすれば、気持ちを伝えることができる。

結果はわかっている。お前は苦笑するだけだろう。あるいは、どうすればおれを傷つけることなく断われるか、真剣に考えてくれるかもしれない。

我《わ》が儘《まま》で迷惑なのは百も承知だ。それでも気持ちを伝えたかった。

いや、それすらも望まない。加瀬、お前に会いたい。

おれたちの間に、何も起きないのはわかってる。顔を見ることができれば、少しの間だけでも話せれば、それ以上は望まない。

足が止まった。一冊の薄い文庫本が、棚差しになっていた。ツルゲーネフ、『はつ恋』。

遠い昔に読んだことがあった。

うろ覚えだが、ツルゲーネフ自身がモデルの主人公の少年は、年上の奔放《ほんぽう》な美しい女性に恋をする。だが、その恋は実らない。彼女が愛したのは、少年の父親だったからだ。

私は加瀬に恋をし、心を奪われた。だが、『はつ恋』のヒロインと違い、彼の側に私を弄《もてあそ》ぶつもりがないのはわかっていた。

すべては私の独り相撲《ひとずもう》に過ぎない。勝手に恋に落ち、勝手に苦しんでいるだけだ。

主人公の少年の名前は、確かウラジミールだった。それは覚えていたが、ヒロインの名前を思い出せなかった。

確かめようと手を伸ばした時、横から出てきた細く白い手が『はつ恋』を抜き取った。

「ナツくん、あったよ。探してたのって、この本でしょ？」

髪の長い色白の美しい女性が『はつ恋』を手に取り、笑みを浮かべていた。三十歳ぐらいだろうか。落ち着いた雰囲気だが、瞳は少女のように輝いていた。

「門倉課長？」

振り向くと、そこに加瀬が立っていた。ナツくん、と顔を向けた女性に、会社の上司の門倉課長と加瀬が説明した。

「びっくりしましたよ。どうしてここに？　そうか、課長は井の頭線沿線に住んでましたっけ」

富士見ヶ丘だと答えた私に、姉ですと加瀬が言った。

「ええと、義理の姉なんです。兄貴の奥さんで、彩香《あやか》さんっていいます」

「君のお兄さんは……」

それ以上何も言えずにいると、知ってたんですか、と加瀬がばつの悪そうな顔になった。

「十年ほど前に亡くなっています。ひどい兄貴ですよ、結婚二年で義姉《あね》を未亡人にしたんですからね」

「ハルさんのこと、悪く言わないで」あたしは十分幸せです、と彩香さんが笑顔で言った。「お義父《とう》さんもお義母《かあ》さんも優しいし、週に一度は家族揃ってご飯を食べて、ハルさんのことを話して……その時間が一番幸せなの。心配なのはナツくんよ。安河商事を辞めるなんて……あの、すいません。あたし、リリービール大好きです」

加瀬くんに来てもらって助かってますと言った私に、不出来な義弟《おとうと》ですけどよろしくお願いします、と彩香さんが深く頭を下げた。

「ここにはよく来るんですか?」

加瀬の問いに、時々なと答えて、私は腕時計に目をやった。

「もうこんな時間か……そろそろ帰らないとまずい。カミさんに怒られる」

話しただろ、と加瀬が彩香さんに目をやった。

「素人のぼくに、ビール業界のことを一から教えてくれる上司がいるって……それが門倉課長なんだ」

　ご迷惑をおかけしていないでしょうか、と不安そうな表情を浮かべた彩香さんに、とんでもありませんと私は首を振った。

「彼は本当によくやってくれています。頼りになる男ですよ……じゃあな、加瀬。月曜の朝会には遅刻するなよ」

　了解ですとうなずいた加瀬と、その隣に立っている彩香さんに軽く頭を下げて、私はドリームブックスを出た。パーキングに停めていた車に乗り込むと、深いため息が漏れた。

　加瀬の彩香さんを見る視線。そこには深い哀しみと、それ以上の愛があった。

　十年以上前、加瀬の亡くなった兄と彼女は出会い、交際し、結婚した。彼がガンを患《わずら》ったのは、それから間もなくのことだったのだろう。

　闘病の末、加瀬の兄は亡くなった。それが十年前で、その時点で加瀬家と彩香さんは縁が切れたことになるが、それは戸籍上のことだ。

　彼女は加瀬の両親を、加瀬の両親は彼女を気遣い、夫、そして息子を失ったことで、より親密になった。

　週に一度、加瀬の実家に通っていると話していたが、彼女にとってそこが最も心落ち着く場所なのだろう。

八月初め、ジョイフルスーパーの須崎部長と小岩で飲んだ夜のことが頭を過った。あれは平日で、翌朝の井の頭線の車両に加瀬が乗っていたことに驚いたが、あの日、何か理由があって彩香さんは加瀬の実家に行っていたのではないか。

だから、夜中にもかかわらず、加瀬は実家に戻った。彩香さんの顔をひと目でも見たかったのだろう。

加瀬が彼女に恋をしたのは、大切な人を失った者同士の同情からなのか。そうではない、と私は首を振った。

おそらくだが、彩香さんが兄と交際をしていた頃、加瀬は既《すで》に恋に落ちていた。だが、その想いを彼女に伝えることはできなかった。実の兄と交際し、結婚した女性にそんなことを言えるはずがない。

兄が亡くなったことで、告白する自由を得たが、それでも言えなかった。亡くなった夫を、彩香さんは今も愛している。彼女にとって、加瀬はハルさんの弟に過ぎない。

もし、兄が生きていたなら、無理とわかっていても告白することができただろう。壮絶な兄弟喧嘩《げんか》になり、兄との縁が切れても構わない。

そこまで強い想いがあれば、道理に反しているとわかっていても、加瀬なら気持ちを伝えたはずだ。

だが、戦う相手が亡くなったことで、加瀬はその機会を失った。思い出は人を美化する。彩香さんの中で、夫は今も生き続けている。

亡くなった恋敵《こいがたき》は、ある意味で無敵だ。戦うことすらできない相手に、勝てるはずもない。

何をしても、どんなことがあっても叶《かな》わない恋に、加瀬は苦しんでいる。

私も加瀬に叶わない想いを抱いていた。だが、伝えようと思えば、加瀬に愛していると言うことができる。

加瀬にはそれさえできない。愛してると言えば、彩香さんを失うとわかっているからだ。

義姉と義弟という関係のまま、週に一度、実家へ来て亡き夫の話をする彼女を見ていることしかできなかった。兄の死後、十年間ずっとだ。それがどんなに辛く苦しかったか、想像することさえできない。

エンジンをかけ、パーキングから環八通りに出た。家に帰ろう。そして宏美にすべてを話そう。

気づくと、私の目からひと筋の涙がこぼれていた。

うまくいく恋だけが恋ではない。愛してるとさえ言えない恋もある。

愛してると言えなくたって、胸に秘めた想いは変わらない。その恋心を抱いたまま、最後まで黙っている者がいてもいい。

赤信号で停まった時、そろそろ帰ると宏美にＬＩＮＥを送った。すぐに返信があった。
〈今夜はハンバーグだよ〉
信号が青に変わった。私はアクセルをゆっくりと踏んだ。

後書きに代えて——ブロマンスに関する短い考察と古典小説についての雑感

ブロマンスの概念は古く、そして新しい。論者によっては古代ギリシアの哲学者アリストテレスの「友愛」を初期のブロマンスとするだろうし、その師であるプラトンの「イデア」、更《さら》にその師であるソクラテスにその原型を求める向きもあるかもしれない。

ブロマンスの定義は曖昧《あいまい》であり、流動的である。語義的に言えば「ブラザー」と「ロマンス」によるマリアージュであり、「性の要素を含まない、男同士の強い友情」と解釈されるだろうが、「友情」と「恋愛」は相似《そうじ》的に見えても反義語なので、ブロマンスは本質的に矛盾《むじゅん》を孕《はら》んでいる。従って、安易に定義はできない。

エンターテインメントの世界でブロマンスを前面に押し出すようになったのは、例えば二〇〇九年公開のアメリカ映画『40男のバージンロード』(原題『I Love You, Man』)が挙げられるが、二〇〇七年のアメリカ映画『スーパーバッド童貞《どうてい》ウォーズ』(原題『Superbad』)などもあり、一概《いちがい》には言えない。

この辺りはブロマンスが造語されたことで、ブロマンス映画として宣伝されることになった作品だが、それ以前からブロマンス要素の強いエンターテインメント作品は数え切れないほどあった。例えばバディムービーをブロマンス映画に含めてしまえば、サイレント時代まで立ち返ることになるだろう。

小説的にわかりやすいのはコナン・ドイルによる一連の「シャーロック・ホームズ」物語で、古典でありながら現在も世界中から人気を集めるこのシリーズ、そしてホームズとワトソンというキャラクターは明らかにホモソーシャル的世界観の中にある。二人の関係はブロマンスそのものと言っていい。

例を挙げれば「三人ガリデブ」（注・訳者によってタイトルが変わる）において、犯人に撃たれたワトソンを案じてホームズが感情を露《あら》わにする名シーンがあるが、このシークエンスが後世に与えた影響は少なくないだろう。

コミックで言えば吉田秋生《よしだあきみ》『BANANA　FISH』のアッシュと英二《えいじ》の物語、そしてラストのアッシュについて言えば、ホームズとワトソンの関係を極限まで昇華させたブロマンス、あるいは同性愛というステージから更に次元の違う高みに達したという点で、究極のブロマンスと言っていい。

本書『愛してるって言えなくたって』の主人公、門倉《かどくら》を私は友情と恋愛の境界線がわからなくなった者として描いた。

もはやほとんど死語に近いピーターパンシンドロームのラストジェネレーションの象徴という位置付けだが、ピーターパンシンドロームという言葉がほとんど使われなくなったのは、社会そのものがピーターパン化したためで、従って門倉はあなたのドッペルゲンガーでもある。

ブロマンスは語義的に男性同士の関係を指すが、女性同士でも同種の関係性が存在し、ロマンシスと呼ばれ、シスターフッドと重複《ちょうふく》する部分がある。どちらも同性愛との境界線は曖昧だが、ひとつの例としてリドリー・スコット監督の『テルマ&ルイーズ』（原題『Thelma and Louise』）を挙げたい。

劇中、スーザン・サランドンとジーナ・デイビスによる有名なキスシーンがあるが、明らかにセクシャルなものではなく、精神的な繋《つな》がりを象徴するためのピースと考えるべきだろう。

ブロマンス（あるいはロマンシス）という概念は男性、女性、ＬＧＢＴＱ、その他さまざまな場面で発動する。分断の時代におけるキーワードはブロマンスだと指摘しておきたい。

＊　＊　＊

「古典と翻訳小説の多読」が私の持論で、基礎的教養は人生を味わい深くする。

本書の裏テーマは「小説好きのための小説」で、それを強く意識して書いている。『銀の匙《さじ》』『ドン・キホーテ』『みだれ髪』『若きウェルテルの悩み』『高慢と偏見』『はつ恋』の章タイトルは各章の内容から選んでいるが、いずれの小説（歌集も含め）も文学史的に重要な作品であり、一読を勧めたい。

何事もそうであるように、過去の作品の重層が現在にベクトルを示し、未来へと繋がっていく。「現代の小説」を読者が隅々《すみずみ》まで味わい尽くすためには、「過去の小説」を押さえておくと理解が進む。

私は自分を読書家だと思ったことはないし、そうなりたいと考えたこともないが、エンターテインメント全般の消費スピードが加速度的に上昇している現代において、時間をかけて楽しめるという点で、おそらく小説は最後の砦《とりで》だろう。

いわゆる「行間を読む」のは、ファスト読書で得られない体験であり、想像力を無限に広げる。文字情報以外夾雑物《きょうざつぶつ》のない小説においては想像の翼を広げるしかなく、他に比類なきジャンルと断言できる。

深く、広く、豊かな人生を享受《きょうじゅ》するために、読書以上のツールはない。特に、古典あるいは翻訳小説のように、文化的バックグラウンドを理解しにくい作品では、その傾向が強くなる。

同時代性がないため、人物、歴史、社会的背景の他、さまざまな要素を想像で補う必要があるためで、だからこそ小説の世界に没入できる。

当然ながら、本書で紹介したのはごくごく一部の僅《わず》かな作品であり、過去のアーカイブをひもとけば、あなたの前には豊饒《ほうじょう》な大海が広がっている。本書がそこへ漕《こ》ぎ出すための一助となることを願っている。

＊　＊　＊

本書は映画『ラブ・アクチュアリー』（原題『Ｌｏｖｅ　Ａｃｔｕａｌｌｙ』／リチャード・カーティス脚本・監督）のキーラ・ナイトレイとアンドリュー・リンカーンのシークエンスにインスパイアされて執筆された。
最後に本書タイトルは山下達郎《やましたたつろう》氏のアルバム『Ｒａｙ　Ｏｆ　Ｈｏｐｅ』からお借りしたことを、感謝とともに付言しておく。

二〇二二年六月、買ったばかりの山下達郎『ＳＯＦＴＬＹ』を聴きながら

五十嵐貴久

（『愛してるって言えなくたって』は令和元年七月、小社より四六判で刊行されたものです。文庫化に際し、著者が加筆、訂正した作品です）

愛してるって言えなくたって

一〇〇字書評

切り取り線

購買動機（新聞、雑誌名を記入するか、あるいは○をつけてください）

□（　　　　　　　　　　　　　）の広告を見て
□（　　　　　　　　　　　　　）の書評を見て
□ 知人のすすめで　　□ タイトルに惹かれて
□ カバーが良かったから　　□ 内容が面白そうだから
□ 好きな作家だから　　□ 好きな分野の本だから

・最近、最も感銘を受けた作品名をお書き下さい

・あなたのお好きな作家名をお書き下さい

・その他、ご要望がありましたらお書き下さい

住所	〒				
氏名		職業		年齢	
Eメール	※携帯には配信できません	新刊情報等のメール配信を 希望する・しない			

この本の感想を、編集部までお寄せいただけたらありがたく存じます。今後の企画の参考にさせていただきます。Eメールでも結構です。

いただいた「一〇〇字書評」は、新聞・雑誌等に紹介させていただくことがあります。その場合はお礼として特製図書カードを差し上げます。

前ページの原稿用紙に書評をお書きの上、切り取り、左記までお送り下さい。宛先の住所は不要です。

なお、ご記入いただいたお名前、ご住所等は、書評紹介の事前了解、謝礼のお届けのためだけに利用し、そのほかの目的のために利用することはありません。

〒一〇一－八七〇一
祥伝社文庫編集長　清水寿明
電話　〇三（三二六五）二〇八〇

祥伝社ホームページの「ブックレビュー」からも、書き込めます。
www.shodensha.co.jp/bookreview

祥伝社文庫

愛《あい》してるって言《い》えなくたって

令和 4 年 8 月 20 日　初版第 1 刷発行

著　者　五十嵐貴久《いがらしたかひさ》
発行者　辻　浩明
発行所　祥伝社《しょうでんしゃ》
東京都千代田区神田神保町 3-3
〒101-8701
電話　03（3265）2081（販売部）
電話　03（3265）2080（編集部）
電話　03（3265）3622（業務部）
www.shodensha.co.jp

印刷所　堀内印刷
製本所　積信堂
カバーフォーマットデザイン　芥 陽子

 ISBN978-4-396-34828-1 C0193

祥伝社文庫の好評既刊

五十嵐貴久　For You

叔母が遺《のこ》した日記帳から浮かび上がる三〇年前の真実——彼女が生涯を懸《か》けた恋とは？

五十嵐貴久　リミット

番組に届いた自殺予告メール。〝過去〟を抱えたディレクターと、異才のパーソナリティとが下した決断は⁉

五十嵐貴久　編集ガール！

出版社の経理部で働く久美子《くみこ》。突然編集長に任命され大パニック！　問題ばかりの新雑誌は無事創刊できるのか⁉

五十嵐貴久　炎の塔

超高層タワーに前代未聞の大火災が襲いかかる。最新防火設備の安全神話は崩れた——。究極のパニック小説！

五十嵐貴久　波濤《はとう》の城

沈没寸前の超豪華客船。巨大台風と熱風、猛火が閉じ込められた人々を襲う！　諦めない女性消防士が血路をひらく！

五十嵐貴久　ウェディングプランナー

夢の晴れ舞台……になるハズが⁉　結婚式のプロなのに自分がマリッジブルーに。さらに、元カレまで登場し——。

〈祥伝社文庫　今月の新刊〉

五十嵐貴久
愛してるって言えなくたって
妻子持ち39歳営業課長×28歳新入男子社員。一時の迷いか、本気の恋か？　爆笑ラブコメディ。

石持浅海
Rのつく月には気をつけよう　賢者のグラス
一口料理に舌鼓、二口美酒に酔いしれて、三口推理を堪能あれ。絶品ミステリー全七編。

矢月秀作
死桜《しざくら》　D1警視庁暗殺部
暗殺部三課、殲滅さる！　精鋭を罠に嵌め、非業な死に追いやった内なる敵の正体とは？

南　英男
裏工作　制裁請負人
乗っ取り屋、裏金融の帝王、極道よりワルいやつら。テレビ局株買い占めの黒幕は誰だ？

澤見　彰
だめ母さん　鬼千世先生と子どもたち
子は親を選べない。そんな言葉をものともせず、千世と平太は筆子に寄り添い守っていく。

門田泰明
汝《きみ》薫《かお》るが如《ごと》し（上）
新刻改訂版　浮世絵宗次日月抄
悠久の古都に不穏な影。歴史の表舞台から消えた敗者の怨念か!?　宗次の華麗な剣が閃く！

門田泰明
汝《きみ》薫《かお》るが如《ごと》し（下）
新刻改訂版　浮世絵宗次日月抄
古代史の闇から浮上した〝六千万両の財宝〟とは――!?　天才剣士の執念対宗次の撃滅剣！

岩室　忍
初代北町奉行　米津勘兵衛　**城月の雁《がん》**
盗賊が奉行を脅迫。勘兵衛は一味の隙にくさびを打ち込む！　怒濤の〝鬼勘〟犯科帳第七弾。